我想結束這一切

伊恩·里德——著
吳妍儀——譯

BY

IAIN REID

I'M THINKING OF

ENDING THINGS

推薦佳評

「一段令人上癮的、形上學式的探索之旅，深入身分認同的本質，誘人與駭人的程度旗鼓相當。里德高明地探究了孤寂情感的乖戾病態，且竟也同時創作出一則非常有娛樂效果的驚悚故事。我發現自己忍不住對著他筆下的角色吆喝，要他們踩下油門飆出去。」

——海瑟・歐尼爾（Heather O'Neill），《獻給小罪犯的搖籃曲》（*Lullabies for Little Criminals*）與《天使白日夢》（*Daydreams of Angels*）的作者

「關於《我想結束這一切》這本書，有幾項幾乎可以確定的事實。第一：你會讀得很快，一個下午或者一個晚上就讀完。那股動能是無可遏止的——一旦開始讀了，你就停不下來。還有第二點：一旦你衝刺到結尾，理解到最後那幾頁的重要性以

後，你就會不斷思索著這個故事，停也停不下來。這本書會在你的心靈中、頭腦裡找到棲身之所——待在那裡好幾天、好幾星期、好幾個月，或者（在我的狀況下）待到你的餘生結束為止。對。它真的就是那麼棒。」

——克雷格·戴維森（Craig Davidson），筆名尼克·卡特（Nick Cutter），《大瀑布市》（*Cataract City*）與《深處》（*The Deep*）的作者。

「一部徹底引人入勝的現代哥德小說，在恐怖類型的核心領域裡佔有一席之地。里德用愛倫坡在地下室裡造磚牆的方式，層層堆疊起緊張感。」

——韋恩·葛拉迪（Wayne Grady），《解放日》（*Emancipation Day*）作者

「我讀過數一數二的新人作品。伊恩·里德精心打造出一本緊湊、兇猛的小書，有持續不斷的懸疑主軸，不斷繃緊、升高，直到似真似幻、痛徹心扉的最後幾頁。」

——史考特·海姆（Scott Heim），《神祕肌膚》（*Mysterious Skin*）與《我們消失了》（*We Disappear*）的作者

「一部充滿魅力、詭異又扭曲的小說，故事的結尾比一路帶領我們抵達終點的敘事過程還更奇詭特異，這一點不該讓人覺得意外……然而卻著實出人意料。」

——松（Sjón），冰島詩人

「聰明、危險，又極度詭譎。伊恩．里德帶著你走上一趟錐心刺骨的旅程，緊抓住你的目光，直到抵達最後終點為止。」

——布萊恩．法蘭西斯（Brian Francis），《水果》（*Fruit*）與《自然秩序》（*Natural Order*）的作者

獻給唐・里德（Don Reid）

我在想著要結束這一切。

這個念頭一旦來了就不肯走。它死守原地，徘徊不去，主宰了我。我幾乎無能為力。相信我。它就是不願離開。不管我喜不喜歡，它都在那裡。它就在那裡，在我進食的時候，在我上床的時候，我睡覺的時候，我醒來時也依舊還在。它一直在那裡。自始至終。

我還沒花太多時間思考。這是個新的念頭，但同時感覺也像是既有的。它是從什麼時候開始的？要是這個念頭不是我想到的，而是被培養出來、植入我心裡的呢？一個概念如果沒有說出口過，就不具有原創性嗎？也許我其實一直都知道。也許這一切本來就將是這樣結束。

傑克有一次說：「有時候，想法比行動更接近真相、更接近現實。妳可以說任何話、做任何事，但妳不能假造出想法。」

妳不能假造出想法。而這就是我在想的事。

我為此擔憂不已。真的。也許我早該知道我們的關係會如何結束。也許結局從一開始就註定了。

整條路幾乎空空蕩蕩。這一帶很靜僻，空無一物，比預期中更空曠。有這麼多可看的東西，卻沒有什麼人，也沒有多少建築物或房舍。天空、樹木、田野、籬笆、馬路和碎石礫路肩。

「妳想停下來喝杯咖啡嗎？」

「我覺得不用，」我說。

「這是我們的最後機會了，在真的開到兩邊都是農田的路以前。」

這是我第一次去拜訪傑克的父母。或者說這「會」是，等我們抵達的時候。傑克。我男朋友。他成為我男朋友還沒有很久。這是我們第一次公路旅行，我們第一次長途駕駛，所以，對於我們的關係、對於他、對於我們，我產生一股懷舊的心情，是很詭異的事。我應該要很興奮，很期待許多個第一次。但我不是這樣。完全不是。

「我不需要咖啡或點心，」我又說了一次。「我想空著肚子等吃晚餐。」

「我不覺得今晚會有那種典型的大餐。我媽一直很累。」

「你認為她不會介意，對吧？不會介意我去？」

「不，她會很開心。她很開心。我父母想見妳。」

「這一帶都是穀倉。真的耶。」

我在這趟車程裡看到的穀倉，比好幾年來看過的還多。也許比我這輩子看過的都多。它們看起來全都一模一樣。有些母牛，有些馬。綿羊。田野。還有穀倉。這麼廣闊的天空。

「高速公路上沒有路燈。」

「這裡交通流量不夠，沒辦法得到裝設照明的許可，」他說：「我想妳一定注意到了。」

「晚上一定會很暗吧。」

「確實是。」

我認識傑克的時間，感覺上比實際上還久。有多久了呢……一個月？六週，也許七週？我應該知道確切時間。我會說是七週。我們之間有真正的連結，一種罕見而強烈的情感羈絆。我從沒有過任何類似的經驗。

我在座位上轉向傑克，同時抓住自己的左腿，當成坐墊一樣塞到身體下方。

「所以你跟他們說了多少關於我的事？」

「跟我父母嗎？夠多了，」他說。他很快瞥了我一眼。我喜歡那個眼神。我露出微笑。他非常吸引我。

「你告訴他們什麼？」

「說我遇到一個喝太多琴酒的漂亮女孩。」

「我父母不知道你是誰，」我說。

他認為我在開玩笑。但我沒有。他們根本不知道有他存在。我還沒告訴他們傑克的事，甚至沒說我遇到了某個人。什麼都沒說。我一直想著我可能要說些什麼。我有過好幾次機會。我就是從沒有覺得確定到可以說出來。

傑克看起來好像想要說話，卻改變了主意。他伸手打開了廣播。只有一點點聲音。來回轉了好幾次以後，我們唯一能找到的音樂頻道是個鄉村樂電台。老歌。他隨著歌曲點著頭，輕聲跟著唱。

「我以前從沒聽過你哼歌耶，」我說：「你哼得滿好的。」

我根本不認為我父母**有機會**認識傑克，現在不會，甚至也不會在事後追溯中聽說他。我們沿著荒涼的鄉間公路開往他父母的農場時，這個念頭讓我感到悲傷。我覺得我很自私，很自我中心。我應該告訴傑克我在想什麼。但這種事就是很難開口談論。一旦提起這些疑慮，我就不能回頭了。

我差不多決定好了。我相當確定，我會結束這一切。這樣就解除了會見他父母的壓力。我很好奇，想看看他們是什麼樣的人，但現在我也覺得充滿罪惡感。我很確定，他認為我造訪他家的農場是一種承諾的表示，意味著我們的關係正在進展。

他坐在這裡，就在我旁邊。他在想什麼？他根本一無所知。這件事處理起來並不容易。我不想傷害他。

「你怎麼知道這首歌？還有，我們不是已經聽過這首了嗎？聽了兩次？」

「這是鄉村樂經典，而且我是在農場上長大的。我本來就知道這首歌。」

他沒有確認這首歌我們已經聽過兩遍了。哪種廣播電台會在一小時內重複播同一首歌？我現在不常聽廣播了，也許現在的廣播電台會這樣做。也許這是正常的，我不知道。也許這些鄉村老歌在我聽來都一模一樣。

我上一次公路旅行是什麼時候？為什麼我一點也不記得？我正朝著窗外眺望，但並沒有真的在看任何東西。就只是打發時間，就像大家在車上會做的那樣。在車子裡，萬物的速度都快了許多。

太可惜了。傑克向我鉅細靡遺地述說過這片景觀，說他只要一離開，就對這裡思念不已。尤其是田野與天空，他這麼說。我確定風景很美、很寧靜。但從移動的車子裡很難看出來。我努力想將周遭景物盡可能看進眼底。

我們開車經過一處廢棄的建地，上面只剩下一間農舍的地基了。傑克說那裡大約十年前燒毀了。屋子後面有一間殘破的穀倉，還有一座架在前院的鞦韆。不過鞦韆架看起來很新。沒有老舊生鏽，也沒有風吹雨打的痕跡。

「那個新鞦韆架是怎麼回事？」我問道。

「什麼？」

「在那個燒毀的農場上。那裡已經沒有人住了。」

「如果妳覺得冷就跟我說。妳會冷嗎？」

「我很好，」我說。

窗玻璃涼涼的。我把頭靠在上面。我可以透過玻璃感覺到引擎的震動，還有路上的每一次顛簸。一種輕柔的腦部按摩，有催眠效果。

我沒有告訴他，我正試著不要想到那個神祕來電者。我完全不願去想那個來電者、或者他留下的訊息。我也不想告訴傑克說，我正在避免瞥見自己在窗戶上的倒影。今天是我的不照鏡子日，就像傑克跟我相遇的那天。這些是我藏在自己心裡的念頭。

校園酒吧的益智問答之夜。我們相遇的那一晚。校園酒吧不是我會久待的地方。我已經不是學生了。在那裡，我覺得自己很老。我從來不在酒吧裡吃東西。龍頭流出的啤酒喝起來有灰塵的味道。

那天晚上我並不期待認識任何人。我跟朋友坐在一起。不過，我們並不怎麼熱衷於益智問答。我們一邊分享一大壺酒，一邊閒聊。

我認為我朋友約我在校園酒吧見面的理由，是因為她覺得我或許能在那裡認識男生。她沒有說，不過我相信她是那麼想的。傑克跟他的朋友們在我們的隔壁桌。

我對益智問答沒有興趣。不是說益智問答不有趣。我就只是不熱衷。我寧願去氣氛比較沒那麼熱絡的地方，或者待在家裡。家裡的啤酒絕對不會有灰塵味。

傑克的益智問答隊伍叫做布里茲涅夫的眉毛。「誰是布里茲涅夫？」我問他。那裡很吵雜，我們幾乎是用壓過音樂的音量對彼此叫喊。我們已經聊了幾分鐘。

「他是個蘇俄工程師，做金屬冶煉的。在停滯時代。他有一對像毛毛蟲怪物的眉毛。[1]」

這正是我要說的。傑克的隊伍名稱，本意是要搞笑，但也晦澀到足以展現對於蘇維埃共產黨的知識。我不知道為什麼，但這種東西總是令我抓狂。

遊戲隊伍名稱老是像這樣。或者說，要不是這種，就是明目張膽的性暗示。另一組隊伍名叫做**我的長沙發拉出來了，我也是！**

我告訴傑克，我其實不喜歡益智問答，不喜歡在這種場合玩。他說：「大家可能會變得非常吹毛求疵。這是一種奇怪的混和，偽裝成漠不關心的競爭心態。」

其實，傑克貌不驚人。他的帥氣大半來自於他的不合常規。他並不是我那天晚上第一個注意到的男生。不過他是最有趣的。我鮮少受到無瑕美貌的誘惑。他在團體中似乎有一點格格不入，好像他是被強迫拖到那裡去的，好像這支隊伍仰賴他提供答案。我立刻就被他吸引了。

傑克身形修長、姿態歪歪斜斜，又長得不太勻稱，顴骨尖銳。有一點點憔悴。我第一次看到那對骷髏般的顴骨就喜歡了。他色澤暗沉豐滿的嘴唇，彌補了他營養不良的外表。肥滿、肉感又充滿膠原蛋白，尤其是下唇。他的頭髮短而凌亂，也許有一邊比較長、或者髮質上有所不同，就好像他的腦袋兩邊各有不同的髮型似的。

他的頭髮不髒，但也不是剛洗過的。

他鬍子刮得乾乾淨淨，戴著細框銀色眼鏡，他會漫不經心地調整眼鏡右邊的鏡腳。有時候他會用食指把眼鏡推回鼻樑上方。我注意到他有這種習慣：當他專注於某件事的時候，他會聞一聞其中一隻手背，或者至少把手背舉到他鼻子那裡。這件事他現在仍然很常做。我想他當時是穿一件很普通的灰色T恤，或也許是藍色的，配上牛仔褲。那件T恤看起來好像被洗過幾百次了。他常常眨眼。我可以看得出他很害羞。我們本來有可能一整晚坐在那裡，就在彼此身邊，而他卻對我一語不發。他對我微笑過一次，不過就這樣。如果我讓他主動，我們絕對不會相識的。

我看得出來他什麼話都不會說，所以我先開口了。

「你們表現得滿好的。」那是我對傑克說的第一句話。

他舉起他的啤酒杯。「我們的戰力強化了，很有幫助。」

1 譯注：布里茲涅夫（Leonid Brehznev, 1906-1982）從一九六四至去世為止都是蘇俄最高領導人（中央委員會總書記），有工程師學位。執政期間政策保守僵化，貪腐盛行，他與後續兩位保守派總書記的執政期間（一九六四—一九八五），被後來掌權並主導改革的戈巴契夫稱為「停滯時代」。

就是這樣。破冰了。我們多聊了一會。然後，他非常隨意地說道：「我是cruciverbalist[2]。」

我做了些曖昧不明的回應，像是「喔」或者「是啊」。我聽不懂他說的那個詞。

傑克說，他本來希望他的隊伍名稱叫做自性（ipseity）。我也不知道這個詞是什麼意思。一開始我想過要不懂裝懂。儘管他謹慎又緘默，我已經可以看出來，他有一種奇特的聰慧。他在任何方面都沒有侵略性。他沒有企圖釣我上勾。沒有俗氣的撩妹台詞。他就只是在享受閒聊。我有種感覺，他不太常跟人約會。

「我覺得我不懂這個字，」我說：「另一個字我也不認得。」我認定他就像大多數男人一樣，可能會很樂意對我解釋。他可能會比較喜歡這樣，而不是我已經認識這些字眼、腦中有跟他一樣豐富的字彙庫。

「『自性』本質上只是『自我性』或者『個體性』的另一種說法而已。這個詞彙是源自拉丁文ipse，意思是自我。」

我知道這個部分聽起來很賣弄、掉書袋、讓人想敬而遠之，但請相信我，不是這樣的。一點都不。傑克這麼說就不會。他有一種溫柔，一種迷人而自然的溫順氣質。

「我覺得這是個很棒的隊名，因為我們隊上有許多人，但我們跟其他隊伍都不像。而且因為我們在同一個隊名下參加遊戲，創造出一種一體性的身分。抱歉，我不知道我說的是不是很沒道理，聽起來肯定很無聊。」

我們兩個都笑出來了，感覺上整間酒吧好像只有我們一起待在那裡。我喝了些啤酒。傑克很有趣。或者他至少有種幽默感。我還是不認為他像我這麼逗趣。我遇到的大多數男生都不如我風趣。

那天夜裡稍晚，他說道：「其實，人本來就不太有趣。有趣的人是很罕見的。」他說得好像他確切知道我先前在想什麼。

「我不知道耶，」我說。我喜歡聽這樣斬釘截鐵的、關於「人」的陳述。在他克制的矯飾之下，有種深沉的信心在沸騰冒泡。

我看出他跟隊友們準備要離開的跡象時，有想過向他要電話，或者給他我的號碼。我急切地想這麼做，但就是辦不到。我不希望他覺得好像非打電話不可。當

2 意思是「填字遊戲家」。

然，我希望他想要打給我。我真心這麼希望。可是我決定賭我可能會在附近再見到他。這是個大學城，不是大都市。我會碰巧遇上他。而最後，我也不必賭這個機會了。

他肯定是在道晚安的時候把紙條塞進我錢包裡。我回家才發現這張紙條：

如果我有妳的電話號碼，我們可以聊聊，我會跟妳聊點有趣的事。

他在紙條底端寫上了他的電話號碼。

在上床睡覺以前，我查了cruciverbalist這個字。我笑出來，相信了他的說法。

——我還是不懂。怎麼可能發生這種事？

——我們全都很震驚。

——這一帶從不曾發生這麼恐怖的事情。

——對，沒有像這樣的事。

——我在這裡工作這麼多年以來都沒有。

——我想是沒有。

——我昨天晚上沒睡。根本沒闔眼。

——我也沒睡。怎麼樣都不舒服。我幾乎吃不下東西。你應該看看我告訴我太太時她那個樣子。我以為她要吐了。

——他怎麼能真的做出這種事，還做到底？你不會突發奇想就這麼做了。不可能的。

——這種事情就是很嚇人。嚇人又讓人心神不寧。

——所以你認識他嗎？你們熟嗎，或者……？

——沒有、沒有。不熟。我不認為有任何人跟他很熟。他是獨行俠。本性如此。不跟人往來。很冷淡。有些人跟他認識比較深一點。不過……你知道的。

——這真瘋狂。感覺不像真的。

——就是那種恐怖事件，但不幸的是，這非常真實。

「路況如何？」

「還不壞，」他說：「有一點滑。」

「真高興沒下雪。」

「希望不會開始下。」

「外面看起來很冷。」

個別來說，我們兩個都沒有引人注目之處。這似乎值得一提。我們兩人的特點放在一起，傑克瘦長的身高跟我明顯的矮個子，是個毫無道理的組合。獨自身處人群中時，我覺得自己好像被壓縮了，**無足輕重**。傑克儘管高人一等，也很容易融入群眾。然而，我們在一起的時候，我注意到其他人注視著我們。不是看著他或我：是看著我們。個別來說，我在人群中平凡無奇，他也是。但作為一對情侶，我們很突出。

在酒吧相遇後的六天內，我們一起正式吃了三頓飯，去散了兩次步，碰面喝咖啡，還看了一場電影。我們時時刻刻都在聊天。我們有親密接觸。看過我裸體以後，傑克告訴我兩次，我讓他想到——他強調是在好的方面——年輕的鄔瑪．舒曼，一個「壓縮過的」鄔瑪．舒曼。他叫我「壓縮版」。就是這個詞。他的用詞。

他從來沒說過我性感。沒關係。他有叫過我美女，他稱讚過我「美麗」一兩次，以男人的那種方式。有一次他說我很療癒。我以前從沒聽任何人這樣說過。那在我們才剛在床上廝混完不久。

我想過這種事可能會發生——上床——，但這不是有計畫的。吃完晚餐後，我們才剛開始在我家的沙發上愛撫。我煮了湯。我們共享一瓶琴酒，充當甜點。我們來回傳遞著那瓶酒，直接就著瓶口喝，活像舞會開始前就喝醉的高中屁孩。這一次的感覺比我們其他的愛撫經驗更急切。酒喝到剩半瓶的時候，我們轉戰到床上。他脫掉我的上衣，我則把他的褲子拉鍊拉下來。他讓我做我想做的。

他一直說著：「吻我，吻我。」就算我只停止了三秒鐘。「吻我」，一次又一次。除此之外，他很安靜。燈光關掉了，而我幾乎聽不到他的呼吸。

我沒辦法把他看得很清楚。

「用手吧，」他說：「就只用手。」

我以為我們就要做愛了。我不知道要說什麼。我照做了。我以前從沒那樣做過。我們完事以後，他癱倒在我身上。我們維持這個姿勢一會，閉上眼睛呼吸著。然後他翻身下來，嘆了口氣。

我不知道時間過了多久，但最後傑克爬起來，去了浴室。我躺在那裡，注視著他走動、聆聽水龍頭的水奔流。我聽到馬桶沖水。他在那裡待了一會。我看著自己的腳趾，扭動著它們。

那時候我在想，我應該告訴他那個神祕來電者的事。但我就是沒辦法。我想忘記那件事。告訴他會讓那件事顯得更嚴重，超過我希望的程度。那是我最接近要告訴他的時候。

我獨自躺在那裡，這時一段記憶在心頭浮現。我還很小的時候，也許是六、七歲時，有天晚上我醒過來，看到窗前有個男人。我很久沒想到這件事了。我不常談到這件事——甚至不常想到。這段回憶有點朦朧斑駁。但我想得起來的部分都很清晰。這不是我在晚宴上會主動提起的故事。我不確定其他人會怎麼想。我都不確定我自己知道要怎麼想。我不知道那天晚上我為何想起這件事。

某項事物產生威脅性的時候，我們是怎麼知道的？是什麼提示我們，它並非單純無害？直覺總是勝過理性。我在夜裡獨自醒來時，那段記憶仍然讓我膽寒。我年紀越大，就越為此感到驚恐。每次我一回想，這件事似乎就變得更恐怖、更險惡。

也許每次我想起此事，我都讓它變得比實際上更糟。我不知道。

事發的那天晚上，我毫無理由地醒來。不是因為要上廁所。我的房間非常安靜，沒有會吵醒我的東西。但我立刻就徹底清醒了。這對我來說並不尋常。我總是要花上幾秒鐘、甚或幾分鐘才會清醒。可是這一次，我完全醒過來，像是被人踢了一腳。

我仰躺著，這也不尋常。正常狀況下我是側睡或趴睡。棉被往上拉，把我身體周圍蓋得很緊，好像有人幫我蓋過被子一樣。我很熱，流著汗。我的枕頭是濕的，房門關著，而我通常留著的夜燈關上了。房裡很暗。

頭上的電扇開到高速，轉動得很快，這個部分我記得很清楚。它真的在轉，看起來彷彿會從天花板上飛出去。那是我聽見的唯一聲響——電風扇有節奏的馬達聲與切過空氣的葉片。

這棟房子不新，而每次我在夜裡醒來，我總是可以聽到某種聲響——水管聲、或者房子的吱嘎響，總之就是會有某種聲響。那一刻我聽不到任何別的聲音，這很奇怪。我躺在那裡聆聽，處於警戒狀態，頭腦混沌。

就在這時，我看見了他。

我的房間在屋子後方，是一樓唯一的臥房。窗戶在我正前方。窗戶並不寬也不高。那男人就只是站在那裡。在外面。

我看不到他位於窗框之外的臉。我可以看見他的軀幹，就只看得見一半。他輕輕地搖擺著。他的手在動，不時互相摩挲，像是他嘗試要搓手取暖。我對此記憶鮮明。他非常高，瘦骨嶙峋。他的皮帶——我記得他那條磨舊了的黑色皮帶——繫得緊緊的，多餘的部分像條尾巴似地垂在前面。他比我見過的任何人都高。

有很長一段時間，我注視著他。我沒有動。他也留在原地，就正對著窗戶，他的雙手仍然互相搓動著。他看來像是做某種體力活做到一半，正在休息。

不過，我注視他的時間越長，他看起來——或者感覺起來——就越像是能看得見我，即便他的頭跟眼睛都在高於窗戶頂端的地方。這不合理。沒有一件事是合理的。如果我看不到他的眼睛，他怎麼可能看到我？我知道這不是夢。可這也不能說**不是**一場夢。他在注視著我。這就是他出現在那裡的原因。

輕柔的音樂播送著，從外面傳來，但我記不清楚那段音樂了。我幾乎聽不見。在我剛醒來的時候，樂音並不引人注意。但在我看到那個男人以後，我開始聽見樂音了。我不確定那是錄製的音樂唱片、還是有人哼歌。很長一段時間就這樣消逝了，也許過了好幾分鐘，也許是一小時。

然後那男人揮了揮手。我沒預期到會這樣。我真的不知道他是不是確實在揮手，或者只是手動了一下。也許那只是個看似揮手的手勢。

他揮手的動作改變了一切，帶有一種惡意的效果，好像他在暗示我永遠不可能完全獨處，他會在附近，他會回來。我突然間害怕了。問題是，現在那種感受就跟當時一樣真實。視覺上就是一樣真實。

我閉上雙眼。我想尖叫出聲，卻沒有這麼做。我陷入夢鄉。我終於睜開眼睛的時候，已經是早晨了。那個男人不見了。

在那之後，我以為這件事會再度發生。他會再度出現，盯著我看。但並沒有。無論如何，不是出現在我窗前。

但我總是覺得那男人好像在那裡。那男人總是在那裡。

有些時候我覺得我看到他了。我會經過一扇窗戶，通常在晚間，然後會有個高個子男人交叉雙腿，坐在我屋外的長椅上。他靜靜不動，望向我這邊。我不知道一個坐在長椅上的男人會有什麼威脅性，但他就是有。

他距離夠遠，讓我很難看到他的臉、也很難確定他是不是在看我。每次看到他我都痛恨不已。雖然不常發生，但我依舊深惡痛絕。我對此無可奈何。他沒有做任何不對的事。但他也沒有在做任何事。沒在看書、沒在說話，就只是坐在那裡。他為什麼在那裡？這可能就是最糟糕的一點——也許這都是我腦袋裡幻想出來的。這種空想看起來可能極其逼真。

傑克從浴室回來的時候，我仰躺著，動作仍然跟他稍早暫離時一模一樣。被單亂得一塌糊塗。其中一個枕頭掉在地板上。我們的衣服在床鋪周圍亂疊成一堆一堆，讓這個房間看起來像犯罪現場。

他站在床尾，什麼話都沒說，經過了一段久到不自然的時間。我見過他裸身躺下，卻從沒見過他裸身站著。我假裝沒在看。他的身體蒼白、精瘦、筋脈畢顯。他在地板上找到內褲，穿了回去，然後爬回床上。

「今晚我想待在這裡，」他說：「感覺好棒。我不想離開妳。」

就在那一刻，在他溜到我旁邊、他的腳貼著我的腳摩擦上來的時候，有某種理由讓我想惹他嫉妒。這股衝動憑空出現，我以前從來沒有這麼強烈的衝動。

我瞥向我身旁的他，他趴著，眼睛閉上了。我們兩個的頭髮都汗溼了。他的臉，就像我的一樣，充血泛紅。

「感覺好棒，」我說著，用我的手指尖搔著他的下背部。他呻吟著同意。「我的前男友……我們之間沒有……真正的連結，那是很稀有的東西。有些關係完全是肉體性的，只有肉體。就是極端的肉體宣洩，沒別的了。你們可能打得火熱、難分難捨，但那種關係維持不久。」

我還是不知道我為什麼講到這個。這話不完全是真的，而且我為什麼要在那時候提到前男友？傑克沒有反應。完全沒有。他就只是躺在那裡，轉過來側躺面對我，並且說道：「繼續嘛。感覺很棒。我喜歡妳摸我。妳非常溫柔。很療癒。」

「你也是，」我說。

五分鐘後，傑克的呼吸有了變化。他睡著了。我覺得熱，就沒把被子蓋在身上。房間裡很暗，但我的眼睛已經適應了；我還是可以看見自己的腳趾。我聽到我的電話在廚房裡響起。現在真的很晚了。不管是誰打的，都太晚了。我沒起床接電話。我無法入睡。我輾轉反側。鈴聲又多響了三次。我們繼續待在床上。

早上我醒得比平常晚，傑克已經走了。我躺在被子底下。我的頭在痛，而且口乾舌燥。琴酒酒瓶在地板上，已經空了。我穿著內褲跟一件無袖背心，對於穿上這些衣物的過程卻毫無記憶。

我應該告訴傑克神祕來電者的事。我現在領悟到這點了。這是我應該在一開始就告訴他的事情。我應該告訴**某個人**。但我沒有。我一直以為沒什麼大不了，直到事情真的嚴重起來。現在我比較知道輕重了。

他第一次打來的時候，就只是撥錯號碼。就這樣。沒什麼要緊的。用不著擔心。那通電話是我在酒吧遇見傑克的同一晚打來的。撥錯號碼並不常見，但倒不是聞所未聞。那通電話把我從深沉的睡眠中喚醒。唯一奇怪的部分，是來電者的聲音——一種緊繃的音色，穩重克制、緩緩加強的說話方式。

從一開始，從跟傑克在一起的第一個星期、甚至從第一次約會起，我就注意到他身上的某些古怪小事。我並不喜歡這樣，但我確實注意到了。就算是現在在車裡也一樣。我注意到他的氣味。很細微，但那股味道就存在於這個密閉空間中。味道並不難聞，我不知道要怎麼形容，就只是傑克的氣味。在這麼短的時間內，我們就認識了彼此這麼多的小細節。時間只過了幾週，而不是幾年。但關於他，顯然有些事情是我不知道的。關於我，他也有不知道的事情。像是神祕來電者。

神祕來電者是男性，我聽得出來，至少是中年人了，可能更老一點，但他有一把明顯女性化的嗓音，幾乎像是在假裝某種平板沉悶的女性聲調，或者至少是故意讓他的聲音調門拉得更高、更細。那聲音扭曲到令人不悅，是個我無法辨識的聲音，不是我認識的人。

有很長一段時間，我反反覆覆聆聽第一段留言，看看我是否能夠察覺到任何熟悉之處。我沒辦法。現在還是沒辦法。

在第一通電話裡，我向神祕來電者解釋，他一定是撥錯了號碼，然後他說「我很抱歉」，用的是他那沙啞、陰柔的嗓音。他等了一兩拍，然後掛斷。之後我就忘了這件事。

第二天，我看到我有兩通未接來電。兩通都是半夜我還在睡覺時打來的。我檢查了未接來電清單，看到是前一天打錯電話的同一個號碼。這就怪了。他為什麼會打回來？但真正怪異又無法解釋的是——這點仍然讓我心煩——這些電話是從我自己的號碼撥出的。

起初我並不相信。我幾乎認不出我自己的號碼。我多瞄了一眼。我以為這是個錯誤。一定是這樣。但我複查了一遍，確定我在看的是未接來電清單，不是別的畫面。確確實實是未接來電清單。號碼就在那裡。我自己的號碼。

直到三、四天後，來電者才留下他的第一通語音留言。那時，這件事就真正開始讓人毛骨悚然。我仍然存著那通留言。我全都留著。他留了七則留言。我不知道我為什麼保留著。也許是因為我認為我可能會告訴傑克。

我伸手到包包裡，把手機拿出來撥號。「妳在打電話給誰？」傑克問道。

「只是檢查語音留言。」

我聆聽已儲存留言中的第一則。那是神祕來電者留下的第一通語音留言。

要解決的問題只有一個。我很害怕。我覺得有點瘋狂。我的神智並不清楚。這些假設是對的。我可以感覺到我的恐懼在增長。現在是迎接答案的時候了。就只有一個問題。只有一個問題要回答。

這些留言並沒有明顯的侵略性或威脅性。聲音本身也沒有。我不認為有。現在我不是那麼確定了。這些訊息顯然很哀傷。神祕來電者聽起來很哀傷，也許有點挫折。我不知道他的話是什麼意思。這些話似乎毫無意義，但也不是胡言亂語。而且他留言的內容總是一樣的，一字不差。

◉◉◉

所以，在我現在的生活中，僅僅只有這另一件有意思的事情：就是我在跟傑克約會，卻還有別人——另一個男人——一直留給我奇怪的語音留言。我並不常有祕密。

有時候，當我在床上熟睡，我會突然醒過來，然後看到一通未接來電，通常是在凌晨三點。他通常在半夜打來。而電話總是來自我自己的號碼。

有一次他打來的時候，傑克跟我正在床上看電影。我的號碼出現時，我什麼話都沒說，只是假裝我嘴巴裡有東西在嚼，然後把電話交給傑克。他接了電話，然後說是某個打錯號碼的老女人。他似乎並不掛心。我們繼續看電影。我那天晚上睡得不是很好。

神祕來電開始以後，我會做噩夢，真的很嚇人的噩夢，而且在半夜因為恐慌而驚醒過兩次，感覺我公寓裡好像有人。我從來沒遇過這種事。這種感覺很恐怖。有一兩秒，感覺好像有人就在房間裡，就站在角落，靠得非常近，在注視著我。這感覺好真實、好嚇人。我動彈不得。

我半睡半醒，不過在一分鐘左右以後，我完全醒過來，然後去了浴室。我的公寓裡總是非常安靜。我在水槽裡開了水，水聲聽起來格外響亮，因為周遭一切都如此沉寂。我的心臟砰砰狂跳。我汗涔涔的，還有一次必須換睡衣，因為衣服濕得不得了。我不常出汗，不會那樣流汗。這真的不是很好的感覺。現在要把這件事告訴傑克已經太遲了。我只是比平常還更焦慮不安一點。

◎ ◎ ◎

有一天晚上我睡覺時，神祕來電者打來十二次。他那天晚上沒有留言。但有十二通未接來電。全都是我的號碼打的。

大多數人在此之後就會針對問題採取行動，但我沒有。我能做什麼呢？我沒辦法報警。他從來沒威脅我，或者說出任何帶有暴力或傷害性的言詞。這就是我覺得特別詭異的地方，他不想講話。我猜我應該說，他只想講話。他從來不想對話。不論什麼時候，只要我嘗試接聽他的來電，他就會掛斷。他寧願留下他謎樣的留言。

傑克沒在注意。他在開車，所以我又聽了那則留言。

要解決的問題只有一個。我很害怕。我覺得有點瘋狂。我的神智並不清楚。這些假設是對的。我可以感覺到我的恐懼在增長。現在是迎接答案的時候了。就只有

一個問題。只有一個問題要回答。

我已經聽過這段話好多遍了。一次又一次。

突然之間，情況失控了。還是同樣的留言，和往常一樣，一字不差，但這次結尾有些新的東西。我收到的最後一則留言改變了一切，再糟不過，真的讓人毛骨悚然。我那天晚上完全不能睡。我覺得害怕，又覺得自己很蠢，沒有更早制止這些電話。我因為沒告訴傑克而自覺愚蠢。我現在仍然此感到生氣。

要解決的問題只有一個。我很害怕。我覺得有點瘋狂。我的神智並不清楚。這些假設是對的。我可以感覺到我的恐懼在增長。現在是迎接答案的時候了。就只有一個問題。只有一個問題要回答。

然後……

現在我要跟妳說件事，會惹妳不開心：我知道妳長得什麼樣。我認得妳的腳、妳的雙手還有妳的皮膚。我認得妳的頭、妳的頭髮跟妳的心。妳不應該咬指甲。

我決定了，下次他打來的時候我絕對非接電話不可。我必須叫他住手。就算他不回任何話，我可以這樣告訴他。也許那樣就夠了。

電話響了。

「你為什麼打電話給我？你怎麼會有我的號碼？你不能一直這樣，」我說。我生氣又害怕。這感覺不再像是隨機事件，不像是他想都沒想、隨手撥了個號碼。這一切不會停止。他不會離去，他有所圖謀。他想要從我身上得到什麼？為什麼是我？

「這是你的問題！我幫不了你！」

我在大喊大叫。

「但是妳打給我的，」他說。

「什麼？」

我掛斷了，扔下手機。我的胸口起伏著。

我知道這只是愚蠢的瞎矇亂猜，但我從五年級開始就一直在咬指甲。

——你打電話來的那一晚，我們正好辦了場晚宴。我做了山核桃餅配鹽味焦糖醬當甜點。我們聽了那通電話以後，大家的這一晚就都毀了。你電話裡講的每個字我都還記得。

——我聽說的時候，孩子們在外面。我立刻就打給你。

——他很憂鬱嗎，或是生病了？我們知道他有沒有憂鬱症嗎？

——看來他並沒有在吃抗憂鬱劑。不過他有祕密。我相信還有更多內情。

——是啊。

——要是我們知道情況有多嚴重就好了。要是有些跡象就好了。總是有跡可循的。人不會就這麼做出**那種事**。

——這可不是個有理性的人。

——這倒是真的，有道理。

——他不像我們。

——不，不像。一點都不像我們。

——如果你一無所有，就沒有什麼好損失的。

——是啊。沒什麼好損失的。

我常常在想，我們對他人的認識，並不是來自他們告訴我們的話，而是我們的觀察。別人可以隨心所欲，想對我們說什麼就說什麼。如同傑克說過的，人家說「很高興認識你」的時候，實際上在想的是不同的事情，是在下某種判斷。「高興」從來不是他們真正的想法或感受，不過他們就是這麼說，我們也只能聽。

傑克告訴我，我們的關係有自己的效價。**效價**。他用的就是這個詞。如果這是真的，那麼從下午到晚上、從這一小時到下一小時，關係就可能改變。躺在床上是一回事。在我們一起吃早餐，而且時間還早的時候，我們沒說什麼話。我喜歡說話，就算只說一點點也好，可以幫助我醒過來。我尤其喜歡風趣的對話。笑聲最能讓我清醒，真的，就算只是一聲大笑，只要是發自內心、真心誠意的笑就好。效果比咖啡因更棒。

傑克寧願吃穀片或吐司，還有看書，大多數時候都安安靜靜。他總是手不釋卷。最近是看那本尚・考克多的書。他一定已經讀過五遍了。

不過，任何拿得到手的東西他也都讀。起初我以為他在早餐時保持安靜，是因為他看書看得太投入了。我可以理解，雖然我不會這樣。我絕不會這樣閱讀。我喜歡好好空出一段時間來看書、真正沉浸在故事裡。我不喜歡邊讀邊吃，不會兩件事一起做。

不過，煩人的是，他只為了閱讀而閱讀。傑克會讀任何東西——報紙、雜誌、穀片包裝盒、爛廣告傳單、外送菜單、什麼都行。

「嘿，你認為在交往關係裡隱瞞祕密，本質上就是不公平、卑劣或不道德的嗎？」我問道。

他一時措手不及。他看向我，然後又回去看路。

「我不知道。這要看是什麼祕密。是重要的事嗎？有超過一個祕密嗎？有多少個祕密？還有隱瞞的事情是什麼？不過，所有關係裡都有祕密，妳不覺得嗎？就算是一生一世的感情、長達五十年的婚姻裡，仍然會有祕密。」

在我們共進早餐的第五個早上，我不再嘗試發起討論了。我沒講笑話。我坐著，吃穀片，是傑克挑的牌子。我環顧房間。我注視著他，觀察著。我心想：這樣很好。我們就這樣**真正**認識彼此。

他在讀一本雜誌。他的下唇上有一塊隱約的白色薄膜或者殘渣，集中在他的嘴角，在上唇與下唇相接的凹陷處。他嘴唇上的這層薄膜早上通常都會出現。在他淋浴過以後，多半就會不見了。

那是牙膏嗎？還是因為他一整晚上都用嘴巴呼吸？嘴巴上有這種物質，是不是就像眼睛裡會有眼屎？他閱讀的時候，咀嚼得非常慢，彷彿要保留精力，彷彿集中在文字上的注意力拖慢了他吞嚥的速度。有時候在他下顎的最後一下咬合跟他吞嚥的動作之間，會有一段漫長的延遲。

他等了一下，然後又從碗裡挖了滿滿一湯匙，心不在焉地舉起。我想他可能會讓牛奶滴到下巴；每一湯匙都這麼滿。但他沒有。他一滴也沒漏出來，全都送進了嘴裡。他把湯匙放在碗裡，然後擦了擦他的下巴，雖然上面沒有沾到任何東西。這一切都是在心不在焉的狀態下做到的。

他的下顎非常緊繃、肌肉發達。就算現在坐著開車，依然如此。

我怎麼能制止自己，不去想此後二、三十年裡跟他一起吃早餐的光景？他的嘴上每天都還是會積著那種白色的殘渣嗎？情況會變得更糟嗎？每個處於親密關係裡的人都會想這種事嗎？我注視著他吞嚥——那明顯的喉結，與其說是亞當的蘋果，還更像卡在他喉嚨裡、長了結瘤的桃子核。

有時在吃過東西以後，通常是在一頓大餐後，他的身體會發出像是長途開車之後車子冷卻的聲音。我可以聽到液體在一個個小空間中穿梭轉移的聲音。在早餐時段不那麼頻繁，比較常發生在晚餐之後。

我討厭一直想這些事，既無足輕重又平庸乏味，不過，在我們的關係發展得更認真以前，現在想一想正好。可是這好像讓我顯得很瘋狂，對吧？一直想著這種事是不是很瘋狂？

傑克很聰明。他不久後就會當上正教授、拿到終身聘，等等。這是很有吸引力的條件，能夠創造未來的美好生活。他長得很高。他自有一股笨拙的身體吸引力。他有種迷人的厭世感。這全都是我年少時心目中理想丈夫具備的特質。所有條件上都打了勾。但是，在我盯著他吃穀片、聽他的身體製造出液體流動噪音的時候，我再也不確定這每一項條件現在有何意義。

「你認為你爸媽之間有祕密嗎？」我問道。

「絕對有。我確定。他們一定有。」

最古怪的部分——傑克一定會說，這是相當純粹的諷刺——在於我一點也無法對他提起我的懷疑。那些和他息息相關的懷疑，他這個人就是讓我沒辦法自在地跟他談論。除非我確定一切都結束了，否則我什麼都不會說。我沒辦法。我心中的懷疑，同時牽連著、影響著我們兩人，然而我只能獨自做出決定。這種情形在親密關係中代表什麼？只是感情在早期發展階段中的諸多衝突之一。

「為什麼要問這一大堆關於祕密的問題呢？」

「沒有為什麼，」我說：「只是想想。」

也許我應該單純地好好享受這趟旅程。不要想太多。脫離我自己的腦內世界。開心玩玩，順其自然。

我不知道這是什麼意思——「順其自然」，但我一而再、再而三聽到這種說法。別人很常給我這種感情建議。我們不就是正在這樣做嗎？我讓自己對這個建議考慮一番。這很自然。我不會阻止自己心中產生疑慮。那樣不是**更加**不自然嗎？

我問我自己，結束一切的理由是什麼，卻很難想到任何紮實的答案。但是，處在一段親密關係之中的人怎麼可能不想到這個問題？有什麼東西能讓這段關係持續下去？有什麼東西能讓這段關係值回票價？通常，我只想著沒有傑克我會比較好過，這樣比繼續交往下去更合理。不過我不確定。我怎麼能夠確定呢？我以前從沒跟男友分手過。

我談過的大部分感情，就像一盒過期的牛奶，到了某個時間點就餿掉了，不至於令人噁心，卻足以讓人注意到味道變了。也許我不該為傑克傷腦筋，反而應該質疑自己感受熱烈愛情的能力。這可能全都是我的錯。

「就算像現在氣溫這麼冷，如果天氣晴朗，」傑克正在說：「我就不介意。反正衣服總是可以穿厚一點。嚴寒有種讓人神清氣爽的感覺。」

「夏天比較好，」我說。「我討厭冷天。至少還有一個月才會入春。這個月會很漫長。」

「有一年夏天，我沒有用望遠鏡就看到金星。」

真像是傑克會講的話題。

「是在一個接近日落時分的晚上。接下來超過一百年，地球上都沒有辦法用肉眼看到金星了。當時行星排列的方式非常罕見，協調了太陽與金星的位置，讓妳能在它經過地球與太陽之間的時候看到它，就像個小黑點。那真的很酷。」

「如果我那時候認識你，你就可以告訴我這件事了。我錯過了。」

「問題是，好像沒人在乎，」他說：「這真奇怪。有機會可以看見金星，大多數人卻都在看電視。如果妳當時也是，我無意冒犯。」

我知道金星是離太陽第二近的行星。除此之外，我對金星所知不多。「你喜歡金星嗎？」我問道。

「當然。」

「為什麼？為什麼喜歡？」

「金星上的一天，大概就等於一百一十五個地球日。它的大氣是由氮跟二氧化碳構成的，核心是鐵。上面充滿了火山跟凝固的岩漿，有點像冰島。我應該要知道它的公轉速度，但如果一定要現在講我就得用掰的了。」

「聽起來不錯啊，」我說。

「但我最喜歡的是，除了太陽跟月亮，它是天空中最亮的星體。一般人都不知道。」

我喜歡他這樣講話。

我想多聽一點。「你一直對太空很有興趣嗎？」

「我不知道，」他說：「我想是吧。在太空中，所有東西都有自己的相對位置。太空是一個實體沒錯，但它也是沒有邊界的。越往外走，它的密度就越低，但你總是可以繼續走。在開始與結束之間沒有確切的邊界。我們永遠不會完全了解它或認識它。我們辦不到。」

「你認為辦不到？」

「大部分的物質都是由暗物質構成的，而暗物質仍然是一個謎。」

「暗物質？」

「它是看不見的。是我們看不到的所有額外質量，讓銀河的成形、還有群星繞著銀河周轉的角速度，在數學上成為可能。」

「我很高興我們不是無所不知。」

「妳很高興？」

「高興我們不知道所有的答案，高興我們無法解釋一切，例如太空。也許我們並不該知道所有的答案。問題是好的，比答案更好。如果你想對人生、對我們運作的方式、對我們演進的過程有更多了解，那麼問題才是重要的。是問題在推動、在延伸我們的智慧。我覺得問題讓我們比較不寂寞、比較和外界有所連結。重點並不總是在於知道。我欣賞不知道。不知道是很人性的。那才是事物應有的狀態，就像太空，無法解釋，而且陰沉幽暗，」我說：「卻又不是完全黑暗。」

他聽了笑出來，而我因為說了那些話而覺得自己很傻。

「我很抱歉，」他說：「我不是在笑妳，只是這真的很有趣。以前我從沒有聽別人這樣說過。」

「但我說的是真的，不是嗎？」

「是啊。它陰沉幽暗，卻又不是完全黑暗。是真的。某種程度上這是個很棒的概念。」

——我聽說某幾個房間被破壞過。

——是啊，地板上有油漆，紅色的油漆。一些浸水造成的損壞。你知道他在門上裝了個鎖鏈嗎？

——為什麼他在這裡這麼做？

——可能為了表達某種自私又扭曲的主張吧。我不知道。

——他不是會搞破壞的類型吧，對嗎？

——不是，但奇怪的是，他先前開始在牆壁上塗鴉。我們全都知道是他做的。有人看到他這麼做。他否認了，但每次都自願去把塗鴉清掉。

——真詭異。

——這還不是最詭異的。

——什麼？

——最詭異的是他每次都寫一樣的話。那個塗鴉，就只有一句話。

——是什麼？

——「要解決的問題只有一個。」

——要解決的問題只有一個？

——是啊。他就是這麼寫的。

——那一個問題是什麼？

——我不知道。

「我們還要開一陣子，對吧？」

「是啊，還要再一下子。」

「要不要聽我說個故事？」

「一個故事？」

「對啊，好打發時間，」我說：「我跟你說個故事。真人真事。你從來沒聽過的。很對你胃口，我想你會喜歡的。」

我把音樂轉小聲一點點。

「當然好，」他說。

「這件事發生在我年紀比較小、才十幾歲的時候。」

我望向他。他坐在桌子前的時候，通常都是一副無精打采又不自在的樣子。開車的時候，他身子太過修長，似乎難以安坐在方向盤後，但他的姿勢卻很端正。我是透過傑克的才智，才被他的身材體態所吸引。他的心智敏銳，讓他的瘦長身材有了吸引力。兩者之間有所關聯，至少在我而言是如此。

「我準備好了，」他說：「故事時間開始囉。」

我超級戲劇化地清清喉嚨。

「好。當時我拿著報紙擋住頭。真的。什麼？你在笑什麼？那時下著大雨。我從公車上的一個空位抓起那份報紙。我得到的指示很簡單：在十點半到那棟房子，會有人在車道上迎接妳。對方告訴我不需要按門鈴。你有在聽吧？」

他點點頭，仍然隔著擋風玻璃往外看著前方的路面。

「我到了之後，還等了一陣子——等了好幾分鐘，不是幾秒而已。門終於打開的時候，一個我從來沒見過的男人把頭探了出來。他抬頭看著天空，然後說了些話，大致上是他希望我沒有久等。他伸出一隻手來，掌心朝上。他看起來累壞了，好像已經好幾天沒有闔眼似的，兩隻眼睛底下都有很大的黑色眼袋。他臉頰跟下巴上都有鬍渣，頂著一頭剛起床似的亂髮。我試著要瞄到他背後的地方。門微微開著，留了一條縫。

「他說：『我是道格。給我一分鐘，鑰匙拿著。』然後他就把鑰匙扔給我，我接到了，兩隻手抵著腹部，像接住一記朝我打來的拳頭。門砰然關上。

「我沒有動，剛開始沒有動。我震驚了。這人是誰？我真的對他一無所知。我們在電話上講過話，僅此而已。我低頭看著手中的金屬鑰匙圈，上面只有一個大大的字母『J』。」

我停下來。我瞥了傑克一眼。「你看起來很無聊，」我說：「我知道我講了一大堆細節，但我就是記得這些事，而且我正嘗試要好好講個故事。我記得這些細節很奇怪嗎？我這樣一五一十告訴你，會很無趣嗎？」

「妳就講吧。幾乎所有的記憶都是虛構的，而且經過大量的修改編輯。所以就繼續說吧。」

「關於記憶的這個說法，我不完全同意。但我懂你的意思，」我說。

「繼續講，」他說：「我在聽。」

「又過了八分鐘，我至少看了兩次錶，然後道格才再度出現。他大大吐出一口氣，坐進了乘客座。他換上一件膝蓋有破洞的陳舊藍色牛仔褲，還有一件格紋襯衫。他車裡的座位上夾雜著橘色貓毛。到處都是貓毛。」

「夾雜著。」

「對，夾雜得厲害。他還戴了一頂黑色棒球帽，帽舌朝著腦袋後方，前面用白色草寫字體繡上了**核子**兩個字。他似乎比較適合坐著，而不是站著或者走路。

「他什麼話都沒說，所以我開始做我跟我爸練習過的例行程序。把座椅往前滑，調整照後鏡三次，確定手煞車鬆開了。我把雙手放在方向盤的十點鐘與兩點鐘方向，然後挺直坐好。

「『我一直不喜歡下雨天，』道格說。這是他在車上說的第一句話。他沒做任何指導、或者問我練習了多久。我看得出來，我們一起坐在車子裡讓他有多害羞，幾乎是緊張了。他的膝蓋上下抖動。『你有想要我從哪裡開始嗎？』我問道。『是這場雨，』他說：『有點攪局。我想我們得要等雨停。』光靠比手勢，道格指引我停在我們左方的第一個空地上。那是一間咖啡店的停車場。他問我有沒有想要什麼，喝杯咖啡或茶，我告訴他不用。好一會兒，我們就坐在那裡不發一語，聽著雨滴打在車上的聲音。引擎還開著，讓窗戶不至於起霧，而我讓雨刷低速運轉。『所以妳幾歲啊？』他問道。他想也許是十七或十八歲。我告訴他是十六歲。

「『那相當大了，』他這麼說。他的指甲就像迷你衝浪板；修長、細窄、骯髒的迷你衝浪板。他的雙手是藝術家和作家的那種手，而不是駕駛教練的手。」

「如果妳需要暫停一下，吞吞口水、眨個眼睛或呼吸，沒關係的，」傑克說：「妳就像梅莉．史翠普，完全投入角色了。」

「我講完就會呼吸，」我說：「他再次提到，十六歲並不算年輕，又說用年齡作為成熟度的判準，是莫名其妙且毫不精確的。然後他打開置物箱，拿出一本小書。

『如果妳不介意的話，我想讀點東西給妳聽，』他說：『反正現在我們是在乾等。』他問我對榮格有沒有任何了解。我說：『其實並不，』這不完全是真的。」

「妳的駕訓教練是榮格學派的啊？」

「你等著聽嘛。他花了點時間在書裡找到正確的段落。他清清喉嚨，然後念了這段話給我聽：『我存在的意義，在於生命對我提出了一個問題。或者反過來說，我自己是對世界提出的一個問題，而我必須傳達我的答案，因為若不這麼做，我就要仰賴世界的答案了。』」

「妳把這段話背起來了？」

「是啊。」

「怎麼做到的？」

「他把那本書送給了我。我保留著，放在某個地方。他那天正好有心情送人東西。他說經驗不只有益於駕駛，也對所有一切都有助益。『經驗勝過年齡，』他這麼說。『我們必須找到辦法去體驗，因為我們就是這樣學習，就是這樣認識事物。』」

「真是古怪的一課。」

「我問他為什麼喜歡教開車。他說這不是他的首選工作，做這份差事是基於實際的理由，不得不然。他說他年紀越長，越喜歡坐在車裡跟其他人談話。他說他喜歡謎題。他說他喜歡跟另一個人一起開車探險，作為一種隱喻。他讓我想起《愛麗絲夢遊仙境》的柴郡貓，只是他是那隻貓的害羞版。」

「這很有意思，」傑克說。

「什麼？」

「我以前也有一陣子熱衷於榮格。要真正認識自己，我們必須質問自己。我一直很喜歡這個想法。總之，抱歉。請繼續。」

「對。在我們等雨停的時候，他伸手到口袋裡，拿出兩顆看起來很怪的糖果。『妳留著那個，』他說著指向其中一顆。『留到下一次下雨天吧。』他拿了另一顆糖果，然後扭開閃亮亮的包裝紙，把糖果在手指之間掰斷，一分為二。他遞給我比較大的那一塊。」

「妳吃了嗎？」傑克問道：「這不是很怪嗎，這傢伙給妳糖果吃？而他摸過那塊糖，妳不會覺得噁心嗎？」

「這些感覺我都懂。不過沒錯，這樣很怪。也沒錯，我覺得噁心。但我吃下去了。」

「繼續說。」

「那糖果的味道，跟任何東西都不像。我用舌頭把糖果推來推去，想要判斷它到底甜不甜。我分辨不出它好不好吃。他告訴我，他是從他的一位學生那裡拿到這種糖果的。他告訴我，她去過亞洲的某個地方旅行，這是當地最受歡迎的糖果種類之一。他說那個學生很愛吃這種糖，不過他不認為這有什麼特別的。他嚼著糖果，把它咬碎。

「突然間，我開始嚐到味道了。一種意料之外的強烈味道，酸酸的。味道不差。我開始喜歡了。他告訴我說：『妳還不知道最有趣的部分呢。』他說：『這些糖果的包裝紙標籤上都印了幾句英文。是由外語直譯的，所以意思不通順。』他把包裝紙從口袋裡拿出來，攤開給我看。

「我把印在內面的字朗讀出來。每一個字我都記得：『**你是新的男人。如此美味不能忘記，特別的味道。回歸回味。**』

「我對自己重讀了幾次這些話，然後再次大聲唸出來。他告訴我，他不時拆開糖果，但不是為了吃，就只是因為他喜歡讀那些句子、思考那些話，設法要理解。

他說他不是個詩歌愛好者，但這些句子就跟他讀過的任何詩一樣好。他說：『人生中有某些事物，對於下雨天、對於孤寂來說，是確實有治癒力的良藥，雖然為數不多。就像謎題。我們每個人都必須解答我們自己的謎題。』我永遠不會忘記他那麼說。」

「這是很令人難忘。要是我也不會忘。」

「那時候，我們已經在停車場裡待了超過二十分鐘，而我們還沒真的開車。他告訴我，給他這些糖果的那個學生很特別，她在方向盤後面完全不行，是很糟糕的駕駛。他說不管他教她什麼訣竅、或者一再重複指示，她就是沒辦法搞懂。他說他從第一堂課開始就知道，她永遠考不到駕照，她會是全世界最爛的駕駛。替她上課毫無意義，幾乎是危險行為。

「他繼續說，儘管如此，他還是非常期待跟她上課，他跟那個女孩常常促膝長談，是十分認真、徹底投入的討論。他會跟她談他在讀的書，而她也會跟他說類似的事，有來有往的。他說，她有時候會說些讓他大開眼界的話。」

「比如說呢？」傑克問道。我可以分辨得出，雖然他專注於開車，但他有在聽，而且精神警醒。他聽故事聽得很投入，比我以為的還要投入。

我的電話響了。我把電話從擺在腳邊地上的包包裡拿出來。

「那是誰？」傑克問道。

我看到自己的電話號碼顯示出來。

「喔，只是我朋友。不需要接。」

「好。繼續講這個故事。」

他為什麼又打來？他想幹嘛？「好，」我說著，把我的手機擺回包包裡，然後回到故事上面。

「好，所以。有一天，這個學生突然告訴她的駕駛教練說，她是『世界上最棒的接吻家』。她就這麼告訴他了，好像她覺得他應該要知道似的。她講得非常肯定，他說她很有說服力。」

傑克重新調整他握在方向盤上的手，坐得更直挺了一些。我聽到我的電話傳來留言提示的嗶嗶聲。

「他告訴我，他知道講這種事感覺很詭異。他甚至可能道了歉，承認他從來沒有告訴過別人。她發誓，比起金錢、才智或者其他任何東西，這項天賦讓她更有力量。用她的話來說，身為全世界最棒的接吻家，讓她成了宇宙的中心。

「他期待我回應，或者說點什麼。我不知道要說什麼。所以我告訴他我想到的事，親吻牽涉到兩個人。你不可能單獨成為最棒的接吻家。這是需要兩個人完成的行動。『所以說真的，』我說：『只有在另一個人也最好的時候，你才會是最好的，但這是不可能的。』我告訴他：『這不像彈吉他之類的事情，在這種狀況下你是一個人，但你知道你很擅長這個。接吻不是單人活動。需要有兩個最厲害的人。』

「我的答案似乎讓他很困擾。看得出來他很不高興。他不喜歡這個想法：你不可能一個人成為最厲害的接吻家，你要仰賴另一個和你接吻的人。然後他說：『這一點太難克服了。』他說，這就表示我們總是需要別人。但如果沒有別人呢？如果我們全都只是孤身一人呢？

「我不知道要說什麼。然後他就有點發飆了，好像我在跟他吵架。他說：『想等雨停真是太蠢了。』他叫我右轉離開停車場。這真的好奇怪。他用各種方式偏頭指示我應該往哪裡開。之後他就安靜不講話了。」

「有意思，」傑克說。

「我快講完了。」

「繼續。」

「那天剩下的上課時間，道格都焦躁不安地坐在座位上，似乎對一切關於開車的事都不感興趣。他給了一些針對駕駛技巧的基本建議，但大半時候都望著擋風玻璃外面。這是我的第一堂、也是最後一堂駕駛課。

「既然還在下雨，他告訴我他會在我家放我下車，這樣我就不用等公車了。我們沒說多少話。到我家的時候，我在前面停車，然後告訴他我會繼續跟我爸練習。他說這是個好主意。我把他留在那裡，然後跑進屋裡。

「大約一分鐘後——時間並不長——我再回到屋外。他還在外面的車裡。他自己移動到駕駛座，兩手握著方向盤。座位仍然是調整在適合我的位置，照後鏡也是。他全身緊繃地把自己塞在座位裡面。我示意要他把窗戶降下來。他先把座位往後滑，然後才把窗戶搖下來。那時候非電動的車窗還很常見。

「在窗戶完全降到底以前，我把頭伸進車裡，然後輕柔地把手放到他左邊肩膀上。我的頭髮濕透了。我必須證明我的論點。我叫他閉上眼睛一秒鐘。我的臉靠近他的臉。他照做了。他閉上眼睛，稍微往我靠過來。然後……」

「什麼？我不敢相信妳竟然這麼做，」傑克說：「妳是著了什麼魔？」

這是我看過傑克最激動的時候了。他很震驚，幾乎是憤怒。

「我不確定。那時我就覺得好像非這樣做不可。」

「這似乎很不像妳。妳在那之後有再見過他嗎？」

「不，沒有。就這樣了。」

「喔，」傑克說：「想成為世界上最棒的接吻家，需要有第二個人參與嗎？這很有意思。就是這種事情會讓人忘不掉，想了又想，拚命鑽牛角尖。」

傑克超越我們前方一輛慢吞吞的貨卡車。我們跟著那輛卡車好一會了，差不多我講故事的整段期間都跟著。我們經過的時候，我想看看那個司機，但沒辦法看清楚。跟我們同路的車子不是很多。

「你說所有記憶都是虛構的，是什麼意思呢？」我問道。

「同一段記憶每次被回想起來的時候，都有自己的面貌。記憶不是絕對的。以真實事件為基礎的故事，跟虛構故事之間的共通點，通常比跟事實之間來得多。虛構故事與記憶，都可以被回想、被重述。它們兩者都是故事的形式。故事是我們學習的方式。故事是我們理解彼此的方式。但現實只會發生一次。」

這就是傑克最吸引我的時候。就是現在。在他說出「現實只會發生一次」這種話的時候。

「妳一旦開始思考這件事，就會覺得很詭異。看電影的時候，我們知道電影不是真實的。我們知道是人在演戲、在背台詞。但我們的情感還是受到影響。」

「所以你是在說，我剛才告訴你的故事不管是捏造出來的、還是真正發生過，都不重要囉？」

「每個故事都是捏造出來的。就連真人真事也一樣。」

又是一句傑克經典名言。

「我得想一想。」

「妳知道〈無法忘懷〉那首歌嗎？」

「是啊，」我說。

「有多少事真的無法忘懷？」

「我不知道。我不確定。不過我喜歡那首歌。」

「沒有。沒有任何事物是無法忘懷的。」

「什麼？」

「這就是重點。萬事萬物總有一部分會被遺忘。不管它有多美好、多偉大。實際上就是必須如此。就是這樣。」

「那就是問題？」

「別說了，」傑克說。

那時候我不確定要說什麼。我不確定要如何回應。

好一會兒，他什麼話都沒再說，就只是玩弄著頭髮，用食指捲了一撮後腦勺的頭髮，這是他慣用的方式、我喜歡的方式。接著，又過了一下子，他注視著我。

「如果我告訴妳，我是世界上最聰明的人，妳會怎麼說？」

「再說一次？」

「我是認真的。這跟妳的故事有關。就回答吧。」

我猜我們已經開了至少五十分鐘，可能更久。外面開始暗下來了。除了儀表板跟收音機以外，車裡沒有燈光。

「我會怎麼說？」

「是啊。妳會笑嗎？妳會說我是騙子嗎？妳會生氣嗎？或者妳只會質疑這種大膽宣言的合理性？」

「我猜我會說『再說一次』？」

傑克為此笑了。不是大笑，而是小小的、誠摯的、收斂的笑，傑克的那種笑法。

「認真點。我是說真的。妳有聽清楚我說的了。妳怎麼回應？」

「嗯，你是說，你是地球上最聰明的男人嗎？」

「不對。最聰明的**人**。而且我不是說我**就是**；我是在納悶如果我**真的**這麼說了，妳會怎麼反應。妳慢慢想。」

「傑克，別鬧了。」

「我是認真的。」

「我猜我會說你在講屁話。」

「真的？」

「是啊。地球上最聰明的人？有很多理由可以證明這有多荒謬。」

「那些理由是什麼？」

我抬起原本靠在手上的頭，環顧四周，就好像有一群觀眾在場似的。模糊的樹影掠過窗戶。

「好吧，我問你一個問題。你認為你是最聰明的人嗎？」

「那不是答案。那是問題。」

「而我可以用問題的形式來回答。」

我說出這種話的時候，我知道我就快要落入那種明顯的猜謎比賽笑話窠臼了，但傑克沒有配合。他當然不會。

「為什麼我不可能是世界上最聰明的人呢？儘管這種話聽起來很瘋狂。」

「瘋狂到我甚至不知道要從哪講起。」

「這就是重點。妳只是認定這種話太離譜了，不可能是真的。妳無法想像某個妳認識的人、某個在車上坐妳旁邊的普通男人，是全世界最聰明的。但為何不可能？」

「因為你所謂的聰明是什麼意思呢？你比我更會唸書嗎？也許。但你會築籬笆嗎？或者你曉不曉得該何時關心某個人的近況、會不會對人感到同情，或是知不知道怎麼跟其他人共同生活、怎麼跟其他人建立連結？同理心是智能的內涵中很重要的部分。」

「當然是，」他說。「這全都是我這個問題的一部分。」

「好。但還是一樣，我不知道，我的意思是，怎麼可能有哪一個人是最聰明的呢？」

「一定有。不管妳創造出什麼樣的演算法、不管妳認定智能是由哪些特質構成的，一定會有某個人比其他人都更符合標準。一定有某個人是世界上最聰明的人。而那會是多大的負擔啊。真的。」

「這很重要嗎？一個最聰明的人？」

他朝我這邊靠過來一點點。「世界上最吸引人的東西，是自信與不安的結合，以恰當的分量混合在一起。任何一邊太多，一切就完了。而妳說對了，妳知道。」

「對？我說對了什麼？」

「世界上最棒的接吻家，」他說：「謝天謝地，妳不可能一個人成為最棒的接吻家。這跟成為最聰明的人是不一樣的。」

他往後靠回他那邊，兩手重新安放在方向盤上。我眺望著窗外。

「還有，妳哪時候想要辦築籬笆比賽，就告訴我一聲吧，」他說道。

他從沒有讓我說完我的故事。我從沒有在下課之後親吻道格。傑克假定是這樣。他就是認定我吻了道格。但一個吻需要兩個想要接吻的人才能成，不然就是別的東西了。

實情是這樣的：我回到車子那邊，我靠向窗戶，打開我的手，展示出皺皺小小的糖果包裝紙，道格給我的那張。我攤平它，然後讀出來：

我的心，我的心單獨跟它重疊的歌曲波浪，渴望觸碰這個陽光日的綠色世界。哈囉！

我還把那張糖果紙保存在某處。不知道為什麼我還留著它。把這些句子讀給道格聽以後，我轉身跑回家裡。我沒有再見過他。

——他有鑰匙。班表上沒有排他要過來，但他有鑰匙。他想來做什麼事都行。

——假期中不是排定了一些重新粉刷的工作嗎？

——對，但在剛放假時就做了。所以亮光漆會需要時間乾燥。氣味可能很強。

——有毒性？

——我還是不確定。也許吧，如果你吸進去的都是那玩意。

——我們會看到什麼驗屍結果嗎？

——我可以查一下。

——場面……很混亂嗎？

——你可以想像。

——我是可以。

——我們現在不該深談細節。

——我聽說他們找到一個呼吸用設備，一個防毒面具，在靠近屍體的地方？

——對，不過是舊式的。不清楚它還有沒有功能。

——對於那裡真正發生的事，我們還有很多不知道的地方。

——而唯一能告訴我們的人已經不在了。

傑克開始談起老化這件事。這個話題我沒預料到，我們先前不曾討論過。「這只是其中一種因為文化因素受到誤解的事物。」

「但你認為變老是好的？」

「的確。我認為是好的。首先，這個進程無法避免。老化之所以顯得負面，只是因為我們對年輕有壓倒性的強烈執念。」

「是啊，我知道。這些點都是正面的。但你不就要告別你稚氣清秀的外表了嗎？你也準備好面對發福和禿頭了？」

「從我們所獲得的事物來看，老化在身體上造成的任何損失都很值得。這是公平交易。」

「是啦是啦，我同意你的看法，」我說。「其實我想要老一點。我樂於變老，我是認真的。」

「我一直希望有些灰髮。有些皺紋。我會想要長一點笑紋。我猜，最重要的是我想做我自己，」他說：「我想要。想做我自己。」

「為什麼？」

「我想要理解我自己，並且確認其他人是怎麼看待我的。我想要自在地做自己。相對上，如何達成這個目標幾乎可以說是不重要的，對吧？這是可以一年接一年延續到未來的目標，很有意義。」

「我想這就是為什麼有這麼多人匆促踏入婚姻、陷在糟糕的感情關係裡，而且這種情形不分年齡，因為他們無法安然接受自己孤身一人。」

我不能對傑克這麼說，我也沒有說出口，但也許孤獨一人真的是比較好的。為什麼要拋棄我們各自熟悉的習慣？為什麼要放棄許多不同戀情的機會來交換一個對象？成雙成對有很多好處，我懂，但這樣真的**比較好**嗎？單身的時候，我一向重視的是，這個人的陪伴會對我的生活造成多大的改善、會如何增加我快樂的程度。但實情真是如此嗎？

「你介意我把這個轉小聲一點嗎？」我問道，在他回答以前就調整了廣播音量。我在這趟車程裡把轉小音量好幾次了；傑克則一直把它調回來。我想他可能有點耳背，至少在某些時候。一如所有心不在焉的小動作——時隱時現。

有一天晚上我頭痛了。我們在電話上閒聊，他打算要來過夜。我要他帶兩顆安舒疼止痛藥。我不確定他會不會記得，雖然我重複提過。那是我最近發作的幾次嚴重頭痛之一。我認定他會忘記。傑克會忘記事情。他可能有幾分符合脫線教授的刻板印象。

他抵達我家的時候，我對止痛藥提也沒提。如果他忘了，我不想讓他感覺很糟。他也什麼都沒說。起初沒有。我們在講別的事情，我想不起來是什麼，而他就突然說了出來：「妳的藥。」他把一隻手伸進口袋裡。他得伸直腿才能把手探進去。我注視著他。

「在這裡，」他說。

他不只是從他有些毛茸茸線頭的口袋裡拿出兩顆藥。他交給我一小球面紙，整個包得好好的，外面用一條膠帶封住。這個小包裹看起來像是一顆大大的白色賀喜巧克力。我打開膠帶。裡面是我的藥丸。有三顆。多一顆，以備不時之需。

「多謝，」我說。我進去廁所倒水。我沒有對傑克多說什麼，但對我來說，這包裝意義重大。他不會為了自己那麼做，那樣子保護著藥丸。

這讓我有點措手不及，讓我重新思考一切種種。我本來那天晚上要跟他分手的——也許會。我那時可能是如此打算。我沒有特別計劃，不過還是有可能發生。可是他把給我的藥丸包在面紙裡。

這種小小的、關鍵性的動作足夠嗎？小小的表態讓我們感覺良好——對自己感覺良好，對別人感覺良好。這些小事連結了我們，感覺就像整個世界那麼重要，是眾多事物仰賴的基礎。這不像宗教與神祇。我們相信某些幫助我們理解人生的建構物。不只是去理解，而是當成一種提供安慰的手段。跟某個人共度餘生會讓我們比較幸福，這種觀念並不是關於存在的固有真理。我們只是希望這個信念成真。

失去單獨一人、獨立自足的狀態，這種犧牲比大多數人所理解的更重大。與人共享同一個住所、同一段人生，當然比孑然一身更困難。事實上，伴侶生活似乎在實質上是不可能的，不是嗎？找到另一個人跟你共度一生？一起老去、一起經歷改變？每天都見到這個人，還要回應他們的情緒與需求？

很妙的是，傑克稍早談起了智力。那個關於世界上最聰明的人的問題。彷彿傑克知道我一直在想這件事。我一直在想這些事，所有的事。聰明永遠是好的嗎？我很納悶。要是聰明被浪費了呢？要是聰明導致了更多的孤寂，而不是滿足呢？要是聰明沒有創造出生產力與清晰的思維，反而產生了痛苦、孤立與後悔呢？我常常想著這一點，傑克的聰明。不只是現在。我想了好一陣子了。

他的聰明最初吸引著我，但在一段互相承諾的正式關係裡，這對我來說是好事嗎？跟一個沒那麼聰明的人共同生活會更困難，還是更容易？我指的是長期關係，不只是幾個月或幾年。邏輯與智力並不是與寬厚善良和同理心相連在一起的。或者是嗎？無論如何，他的智力不是。他是個刻板、線性、知性的思考者。這點怎麼能夠更吸引我跟他共度三十年、四十年或五十年的時光？

我轉向他。「我知道你不喜歡實際談工作，但我從來沒看過你的實驗室。那裡是什麼樣子？」

「妳的意思是？」

「我很難想像你工作的地方。」

「就在腦中描繪一個實驗室。差不多就那樣。」

「實驗室聞起來是化學藥劑的味道嗎？有很多人嗎？」

「我不知道。我猜是，對啊，通常是。」

「可是你不會被他們分散注意力、無法專心嗎？」

「通常還好。偶爾會有一些混亂，有人在講電話或是嬉笑。有一次我『噓』了一位同事。這種事一向不太愉快。」

「我知道你很專注的時候是什麼樣。」

「那種時候我甚至不想聽到時鐘的聲音。」

我想這輛車一定積了滿滿的灰塵，或者也許只有出風口有。但我覺得眼睛很乾。我調整出風口，讓它完全瞄準地板。

「幫我做一趟虛擬導覽。」

「實驗室的？」

「是啊。」

「現在？」

「你可以一邊做一邊開車。如果我在你上班時去拜訪，你會帶我參觀什麼？」好一會兒，他什麼都沒說。他就只是直直盯著前方，看著擋風玻璃外面。

「首先，我會帶妳看蛋白質晶體室。」他說話時沒有看著我。

「ＯＫ，」我說：「好。」

我知道他的工作牽涉到冰晶跟蛋白質。就知道這樣。我知道他在做博後研究跟博士論文。

「我會讓妳看兩個晶體機器人，它們讓我們可以篩選一大片結晶空間，用的是亞微升量的表現困難重組蛋白質。」

「看吧，」我說：「我喜歡聽這些。」

我是真的喜歡。

「妳可能會對我們的顯微鏡室感興趣，裡面包含我們的三色TIRF設備，又叫作全內角反射螢光顯微鏡，還有轉盤式顯微鏡，讓我們能準確追蹤螢光標記單細胞，無論是在試管內或有機體內都達到奈米級準確度。」

「繼續說。」

「我會讓妳看溫控式細菌培養器，我們在裡面培養超過二十公升的大量酵母菌與大腸桿菌，這些培養菌都經過基因工程改造，會過度表現我們選擇的蛋白質。」

在他說話時，我仔細檢視他的臉，他的脖子，他的雙手。我忍不住。

「我會讓妳看我們的兩個系統——AKTA FPLC，快速蛋白質液項層析法——讓我們可以用任何親和層析法、離子層析法與膠體滲透層析法的組合，迅速精確地純化任何種類的蛋白質。」

我想在他開車時親吻他。

「我會讓妳看組織培養室，我們在那裡培養並維持多種哺乳類細胞株，要不是為了特定基因的轉染，就是為了獲得細胞裂解液……」

他暫停了一下。

「繼續說，」我說：「然後呢？」

「然後我覺得妳好像很無聊，而且準備想離開。」

我本來可以現在就對他說些什麼。我們在車裡獨處。這是完美的時機。我可以說，我一直在只有我自己的脈絡下思考親密關係，以及這一切對我而言的意義。或者我可以問，我這種想法是否無關緊要，因為你不可能把一段關係切成兩半來理解。或者我可以完全開誠布公，對他說：「我想要結束這一切。」但我沒有。這些話我全都沒有說。

也許去見見他父母，看他從哪裡來、在哪裡長大，能夠幫助我決定要怎麼做。

「謝謝你，」我說：「謝謝你幫我導覽。」

我注視著他開車。就現在來說。那亂成一團、微微捲曲的頭髮。那該死的講究的坐姿。我想到那三顆小小的藥丸。那件事改變了一切。他實在是人太好了，幫把我藥丸包起來。

我們剛認識大約兩週的時候，傑克要出城去，有兩個晚上不在。我們從相遇以後幾乎天天見面、天天跟對方說話。他會打電話。我會傳訊息。不過我知道他討厭傳訊息。他可能會傳一則，頂多兩則。如果對話有進展，他就會打電話。他喜歡講話與聆聽。他欣賞論述。

在他離開的那兩天裡再度完全落單，感覺很怪異。我以前習慣如此，但在交往後，獨處時感覺有所缺乏。我想念他。我想念跟另一個人在一起。我知道這很老套，但我感覺一部分的我不見了。

逐漸認識某個人的過程，就像在拼一組永無止盡的拼圖。我們先拼上最小的碎片，然後在此同時更認識我們自己。我對傑克瞭解的細節──他喜歡全熟的肉、他盡可能不用公廁、他討厭別人在飯後用指甲剔牙，相較於那些要經年累月才會顯露的重大事實，全都顯得瑣碎而無關緊要。

花了這麼多時間單獨相處以後，我開始覺得我好像很熟悉傑克，是真的非常熟。如果你和某個人頻繁見面，就像傑克跟我在僅僅兩星期之後這樣，你就會開始覺得這種關係……很密切。的確是很密切。前兩個星期裡，我時時刻刻想著他，即使我們不在一起時也是。我們坐在地板上、躺在沙發上或者床上，進行了許多次長談。我們可以聊上好幾個小時。我們其中一人開個話題，另一個人就接下去說。我們會問彼此問題。我們會討論、辯論。有一次，我們熬夜聊了一整晚。傑克跟我遇見過的任何人都不一樣。當時我們有一種獨特的羈絆。現在也很獨特。我仍然這麼想。

「設法恢復一種關鍵性的平衡，」傑克說：「我們最近在工作上思考的就是這個問題。一切都需要關鍵性平衡。前幾天晚上我在床上想這件事。一切都這麼……脆弱。就拿代謝性鹼中毒之類的事來說好了——組織的pH值微微上升一點，這跟氫離子濃度小量下降有關。這就是……這一切全都極為細緻且微妙。這只是一個例子而已，然而這很重要。很多東西都像這樣。脆弱得不可思議。」

「是啊，很多東西都是這樣，」我說道。就像我心裡想過的一切。

「某些日子，會有一股電流竄過我全身。我體內有股能量。還有妳。這是很值得注意的事。這話是不是沒啥道理？抱歉，我在胡言亂語。」

我讓腳從鞋子裡解放出來，然後抬起腳，放在前方的儀表板上。我往後靠向座椅。我感覺好像要睡著了。是因為輪子在馬路上的節奏，還有動作。開車對我有這種麻醉般的效果。

「你說電流是什麼意思？」我閉著眼睛問道。

「只是形容那是什麼感覺。妳跟我，」他說：「流體的單一流速。」

「你有過憂鬱症或是別的毛病嗎？」我問道。

我們才剛轉了個感覺好像很重要的彎。我們已經開在同一條路上好一陣子了。我們在一個停車標誌前面轉彎，而不是停在燈號前。往左轉。這裡沒有紅綠燈。

「抱歉，我沒頭沒腦地就問了。我只是在想事情。」

「思考什麼？」

我的人生有好幾年都很單調。我不確定要怎麼用別的方式來形容。我以前從來不承認這點。我並不憂鬱，我認為沒有。我說的不是那個。就只是單調無趣。有好多事感覺上很隨機、不必要、粗暴武斷，缺乏一種向度。似乎少了某種東西。

「有時候，我沒什麼明顯理由就覺得悲傷，」我說：「你會這樣嗎？」

「不特別會，我想沒有，」他說：「我小時候很會憂慮。」

「憂慮？」

「是啊，好比說我會擔心不重要的事情。有些人，陌生人，可能會讓我擔心。我很難入睡。我會胃痛。」

「你那時候幾歲？」

「很小。也許八、九歲。狀況惡化的時候，我媽會泡她所謂的『兒童茶』，差不多全都是牛奶跟糖，然後我們會坐著聊聊天。」

「聊什麼？」

「通常是聊我那時在擔心的事。」

「你記得任何具體細節嗎？」

「我從來沒擔心過死亡，但我確實擔心我的家人會死掉。大多數時候是抽象的恐懼。有一陣子我擔心我的手或腳可能會掉下來。」

「真的？」

「是啊，我們農場上有養羊，羔羊。在羔羊出生後一兩天，我爸會幫牠們的尾巴套上特殊的橡皮圈。橡皮圈很緊，緊到可以截斷血流。幾天以後，尾巴會直接掉下來。對羔羊來說這樣不會痛；牠們甚至不知道發生什麼事。

「我小時候偶爾會到外面的田野上，找到一根截斷的羔羊尾巴。我開始想著同樣的事可不可能發生在我身上。要是襯衫袖子或是襪子稍微太緊了一點呢？要是我穿著襪子睡覺，在半夜醒來，卻發現我的腳掉下來怎辦？這也讓我擔心什麼事情是重要的。好比說，為什麼尾巴不是羔羊身上重要的部分？在失去某個重要部分以前，你身上可以掉下來多少東西？對吧？」

「我懂這為什麼會讓人憂慮了。」

「抱歉。我用了一個很長的答案來回答妳的問題。所以就這麼說吧，我會說沒有，我並不憂鬱。」

「但哀傷？」

「當然。」

「為什麼是這樣——差別在哪裡？」

「憂鬱症是嚴重的疾病，在生理上很痛苦，讓人衰弱。而妳不可能就靠決心來克服它，就好像妳也不可能就靠決心克服癌症。哀傷是正常的人性狀態，就跟快樂一樣。妳不會把快樂想成一種病。哀傷跟快樂彼此需要。我的意思是，兩者彼此依賴，才能存在。」

「這年頭，就算沒得憂鬱症，不快樂的人似乎還是比較多。你覺得呢？」

「我不確定我會這麼說。現在的確看似有更多機會反思哀傷與不足的感受，而且也有一股壓力逼人時時刻刻都要快樂。那是不可能的。」

「這就是我的意思。我們活在一個悲傷的時代，這對我來說很不合理。為什麼是這樣？現在哀傷的人比過去更多嗎？」

「有許多在大學附近生活的人，學生跟教授，他們每天最擔心的事——我沒在誇張——就是如何根據飲食還有激烈運動，替他們特定的身體形態燃燒掉適量的卡路里。把這個放在人類歷史的脈絡裡想一想。談什麼哀傷啊。

「在現代性、還有我們現在重視的事物裡，存在著某種特質。我們在道德上的變化。是否有一種缺乏同情心的普遍現象？對他人普遍缺乏興趣？對連結普遍缺乏興趣？這全都是相關的。我們感覺不到跟某種大於個人生命的事物有所連結，在這種狀況下，我們要怎麼得到一種有重要性與意義的感覺？我越是思考，越覺得快樂與滿足似乎是仰賴他人的在場，就算只有另外一個人。就像是哀傷需要有快樂，而且反之亦然。孤獨是……」

「我懂你的意思，」我說。

「大一哲學課常會講一個老掉牙的例子。跟脈絡有關。這個例子是這樣：托德房間裡有個有紅色葉子的小盆栽。他認定他不喜歡這棵植物的外表，他想要他的盆栽看起來像房裡的其他植物一樣。所以他非常細心地把每片葉子漆成綠色。在油漆乾了以後，妳分辨不出這棵植物被上過漆。它看起來就是綠色的。妳目前聽懂嗎？」

「可以。」

「第二天他接到他朋友打來的電話。她是個植物生物學家，她問他有沒有一盆綠色植物，可以借她做點實驗。他說沒有。第二天，另一個朋友，這回是個藝術家，打電話來問他有沒有一盆綠色植物，可以讓她用來當一幅新畫作的模特兒。他說有。他被問到同樣的問題兩次，而且給出相反的答案，但這兩次他都是誠實的。」

「我看出你的意思了。」

另一個轉彎，這次是個四向停車路口。

「在我看來，在人生、存在、人類、關係與工作的脈絡裡，處於哀傷狀態是一個正確答案。這是很真實的。兩者都是正確答案。我們越是告訴自己，我們應該要快樂、快樂、快樂本身就是目的，狀況就越糟。而且順便一提，這不是什麼很有原創性的想法。妳知道我現在不是要賣弄聰明，對吧？我們只是在聊天。」

「我們在溝通，」我說：「我們在思考。」

我的手機在包包裡響了，打破寂靜。「抱歉，」我說著，伸手下去拿出手機。螢幕上是我的號碼。「又是我朋友。」

「也許這次你該接了。」

「我真的不想講話。她到最後會停手不打的。我確定沒什麼事。」

我把手機放回包包裡，但在它發出嗶嗶響聲時又拿起來。兩則新留言。這次我很高興廣播的音量很大，我不想讓傑克聽到訊息。但來電者在第一通留言裡沒說話。就只有聲音，噪音，流水聲。在第二通留言裡，有更多流水聲，而我可以聽見他在走路，有腳步聲，還有聽起來像鉸鏈的聲音，一道門關上了。是他。一定是。

「有什麼要緊的事嗎？」傑克問道。

「沒有。」我希望我的語氣聽起來很隨興，但我可以感覺到自己的臉龐發熱。

等我們回去以後，我就必須處理這件事，把神祕來電者的事告訴某個人，任何人都行。但就現在來說，如果我真要對傑克說些什麼，我就也必須告訴他我一直在撒謊。這種事不能繼續下去。不能像這樣。再也不能了。流水聲持續著。我不確定他為什麼這樣對我。

「真的？不重要？連續兩通電話，外加留言訊息。好像很重要，不是嗎？」

「人的反應有時候就是很誇張，」我說：「我明天會跟她談。反正我的手機快沒電了。」

我想傑克的前一個女友是別系所的研究生。我在附近見過她。她很可愛：運動員體格，一頭金髮。有跑步的習慣。他肯定跟她約會過。他說他們還是朋友。不是密友。他們不一起出門。不過他說，我們在酒吧相遇之前一週，他們還一起喝過咖啡。我可能聽起來像在嫉妒。我並沒有。我是好奇。我也不跑步。

雖然這樣很奇怪，但我想跟她聊聊。我想要泡一壺茶、坐下來，問她關於傑克的事。我會想知道他們當初為何開始約會。他吸引她的地方是什麼？我會想知道為什麼關係沒維持下去。是她結束這一切，還是傑克？如果是她，她用了多久時間考慮分手？跟新伴侶的前任聊一聊，這不像是個合理的主意嗎？

我有幾次向他問起她。他態度含糊。他沒說多少。他就只說他們的關係並不長久，也不是非常認真。這就是為什麼我必須跟她談。聽聽她那方的說法。

我們在一個鳥不生蛋的地方，車子裡只有我倆。現在這時機似乎也沒特別差。

「所以，事情怎麼結束的？」我說。「我是說，你跟你前女友。」

「從來沒有真正開始，」他說：「那段感情並不重要，是暫時性的。」

「但你並不是一開始就這麼想。」

「開頭的時候也沒有比結尾更認真。」

「為什麼維持不下去？」

「這段感情並不真實。」

「你怎麼知道？」

「妳就是會知道，」他說。

「但我們怎麼知道，一段感情是什麼時候才變得真實？」

「妳是在問普遍性的原則，還是特別指那段感情？」

「那段感情。」

「沒有依賴性。依賴性就等同於認真的程度。」

「我不確定我同不同意這個說法，」我說：「那真實性呢？你怎麼知道某些事物是真實的？」

「什麼**是**真實的？」他說：「當風險存在、當你可能會失去某些東西的時候，關係就是真實的。」

有一會兒我們什麼話都沒說。

「你記得我有跟你說過，住在我對街的女人的事？」我問道。

我想我們一定接近農場了。傑克沒有說我們快到了，但我們已經開了好一陣子的車。一定有將近兩小時了。

「誰？」

「那個住在對街、上了年紀的女人。記得嗎？」

「我想我記得，是啊，」他說得含糊。

「她說了她跟她丈夫是怎麼分開睡的。」

「嗯。」

「我的意思不是不做愛。我指的是晚上不再睡同一張床。他們兩個認定，同睡一張床的任何好處都比不過一夜好眠。他們想要自己的睡眠空間。他們不想要聽另一個人打鼾，或者感覺到對方翻身。她說她丈夫打鼾打得很厲害。」

我覺得這很悲哀。

「這樣似乎很合理，如果有一個人很干擾睡眠，分開睡也是一種選項。」

「你是這麼想的嗎？我們幾乎有半輩子都在睡覺耶。」

「如果要討論我們為何應該找出最好的睡眠情境，這可以當作支持論點。這只是一個選項，我是這個意思。」

「但你不**只是**在睡覺。你還會察覺到另一個人的存在。」

「妳只是在睡覺，」他堅持。

「你從來就不只是在睡覺，」我說：「甚至在你睡著的時候也不是。」

「我跟不上妳的想法了。」

傑克打方向燈，然後左轉。這條新的路比較窄小，肯定不是一條主要幹道。這是一條小路。

「我們睡覺的時候，你沒有察覺到我嗎？」

「我的意思是，我不知道。我在睡覺。」

「我有察覺到你，」我說。

兩天前的晚上，我睡不著。又睡不著了。好幾個星期以來，我都想得太多了。傑克過來睡了連續第三晚。其實我喜歡跟人同床睡覺，睡在對方身邊。傑克睡得很熟，不會打鼾，不過他的呼吸明顯地很短促。就是這樣。

我認為，我想要的是讓某個人認識我，真正認識我，比其他任何人都更認識我，也許甚至比我自己還要認識我。我們不就是為此對另一個人做出承諾嗎？這不是為了性愛。如果是為了性愛，我們就不會跟一個人結婚了。我們只會繼續尋找新伴侶。我們會為許多理由許下承諾，我知道，但我越是思考，我就越覺得長期關係是為了漸漸認識某人。我想要某個人認識我，真正認識我，幾乎像是鑽進我腦袋裡一樣。那會是什麼感覺？能夠有個管道知道別人腦袋裡是怎麼回事。去依賴別人，也讓對方依賴你。那不是父母與子女之間那種生物性的連結。這種關係是選擇而來的。比起建立在生物學與共享基因上的那種關係，這是某種更冷靜理性、更難以達成的狀態。

我想就是這樣。也許我們就是這樣判斷一段感情是否真實。先前與我們無關的他人，以一種我們從未想過、或者從來難以置信的方式來認識我們。

我喜歡這樣。

那天夜裡在床上，我看著旁邊的傑克。他睡得如此安穩，像個小寶寶。他看起來變小了，壓力與緊張在睡眠中隱藏起來。他從來不磨牙。他的眼瞼不會顫動。他通常都睡得很熟很熟。他睡覺時看起來像不同的人。

在白天，傑克醒著的時候，總是有一種暗藏的強烈情感，一種悶燒著的能量。他有些小動作，抽搐跟反射。

但在沒有跟另一個人相連、沒有被對方的存在與評判所稀釋的時候，獨處的狀態不是更接近我們自己最真實的版本嗎?我們跟其他人,跟朋友、親人發展關係,那樣是挺好的。那些關係並不像愛情那樣具有束縛力。我們還是可以有愛人,短期的。不過只有在獨處時,我們才能專注於我們自己、認識我們自己。要是沒有這種獨處的時光,我們怎麼能認識自己?而且不能只是在睡覺時獨處。

跟傑克在一起可能不會有結果。我可能會結束這段戀情。我認為,有這麼多人嘗試經營長期專一的感情關係、有這麼多人相信這種關係能夠長長久久,真是太不現實了。傑克不是個糟糕的人。他相當好。即使根據資訊顯示,大多數的婚姻最後都無法維繫,大家還是認為婚姻是人類的常態。大多數人還是想要結婚。還有哪件事情成功率這麼低,卻還有這麼多人去做?

傑克有一次告訴我,他在實驗室的桌子上放了一張他自己的照片。他說他在那裡只放了這麼一張照片。那是他五歲時的照片。他有捲捲的金髮跟膨膨的臉頰。他怎麼可能有過膨膨的臉頰?他告訴我,他喜歡那張照片,因為那是他,然而在具體層面上,他現在已經完全不同於照片裡的那個孩子。他的意思不只是他的外表不一樣了,而是說在那幅影像裡捕捉到的每個細胞都已經死去、脫落,被新的細胞所取代。如今,他實實在在是個不同的人了。一致性在哪裡?如果他的身體已經完全不一樣了，他如何還能感受到自己幼時的感覺？他會說些跟蛋白質有關的事情。

我們的身體結構，就像一段關係，會改變與重複、疲勞與凋零、老化與耗竭。我們生病而後好轉，或者生病而後惡化，我們不知道會發生在何時、結果會怎樣、或者原因是什麼。我們就只是繼續過日子。

是成雙成對，還是孑然一身比較好？

三天前的晚上，傑克徹底不省人事的時候，我等著光線開始從百葉窗裡偷偷窺入。在我睡不著的晚上，就像這一晚，就像最近的許多晚上，我真希望我能夠把我的心靈當成一盞燈，就這麼關掉。我真希望我像電腦一樣有個關機指令。我好一會沒有看時鐘了。我躺在那裡，心想，真希望我像別人一樣睡著了。

「就快到了，」傑克說。「我們還有五分鐘就到了。」

我坐起來，把手臂伸展到高過頭部。我打了個呵欠。「這趟路程感覺很快，」我說。「多謝你邀我來。」

「多謝妳來，」他說。然後，他說了一句難以解釋的話：「還有，當妳可能失去某些東西的時候，妳就會知道它們是真實的。」

——屍體是在衣櫃裡發現的。

——真的？

——是啊。

——一個小衣櫃。大到可以掛襯衫跟夾克，幾雙靴子，其他東西就放不太下。屍體在裡面整個縮成一團。門是關上的。

——這讓我覺得悲傷。還有憤怒。

——他為什麼不找人求援呢，對不對？找個人談談。他有同事。他又不是在完全沒有其他人的地方工作。時時刻刻都有別人在。

——我知道。事情不需要變成這樣的。

——當然。

——我們對他的背景知道多少？

——不太多。他很聰明，書讀得很多。他知道不少事情。他以前做過別的職業，學術工作那類，博士程度的，我想是這樣。他沒繼續做下去，最後就來到這裡。

——他沒結婚？

——沒有，他沒結婚。沒有老婆。沒有小孩。誰都沒有。這年頭真少看到有人這樣過日子，完全孤零零一個人。

爬上農場坑坑疤疤的車道，是一條漫長而緩慢的路程。兩旁有著成排的樹木，我們顛簸了大約一分鐘，碎石礫與泥土在輪胎底下摩擦。

車道盡頭的房子是石頭砌的。從這裡看，房子並不很大，一邊有個木欄杆搭的露天平台。我們停在房子右側。視線範圍內沒有其他車輛。他的父母沒有車嗎？我可以看到燈光從傑克說是廚房的地方照出來。房子的其他部分都是暗的。

屋裡肯定有個燒柴的爐子，因為我走出車外首先聞到的就是煙。我想像著，這裡本來曾是個漂亮的地方，但現在有點破敗。他們可以替窗台上點新油漆，修整一下。陽台上有好幾處腐朽發爛。陽台上的鞦韆扯壞了，而且已經生鏽。

「我還不想進去，」傑克說。我已經朝著房子前進幾步了。我停下來，轉過身去。「在車裡坐那麼久了。我們先在附近走走吧。」

「現在天色不是有點暗了嗎？我們其實看不到什麼東西，對吧？」

「那麼，至少呼吸點新鮮空氣吧，」他說：「今晚沒有星星，不過夏天晚上天氣好的時候，星星多到不可思議。比在城市裡看到的亮三倍。我以前很愛看星星。還有雲。我記得我會在濕氣重的下午出門，那時候的雲又大又厚，而且看起來好柔軟。我喜歡看它們溫柔地在天空中移動，還有每朵雲之間如何不同。這樣可能挺蠢的，就只是看著雲。我真希望我們現在就可以看到雲。」

「不蠢，」我說：「一點都不。你注意到這些事情很好。大多數人都不會注意。」

「我以前總是會注意這種東西，還有樹。我覺得我現在不再那麼留心了。我不知道這種習慣是什麼時候改變的。無論如何，妳知道在積雪像這樣吱嘎作響的時候，總是冷得要死。這不是那種濕濕的、可以做雪球的雪，」傑克一邊往前走一邊說。我真希望他有戴手套；他的雙手都凍紅了。我們走過巷子和穀倉之間相連的石鋪小路，路面崎嶇不平又有碎塊。我很喜歡新鮮空氣，但現在的空氣寒冷刺骨，既不新鮮也不清爽。我感覺雙腿麻木。我以為他會想立刻進屋，跟他父母打招呼。我是這麼預期的。我沒有穿保暖的褲子，沒穿加長內搭衣。傑克在替我做他所謂的「節錄版導覽」。

在狂風大作的夜晚來參觀，真是個詭異的時機。我看得出他真的想讓我好好看一看這個地方。他指出了蘋果園，還有夏天拿來當菜園的區域。我們走近一座老穀倉。

「綿羊在裡面，」他說：「可能一個小時前我爸剛餵了牠們飼料。」

他帶著我到一扇從上半部打開的寬廣門扉前。我們走了進去。燈光黯淡，但我可以辨識出剪影。綿羊大多躺著，有幾隻在咀嚼，我可以聽見牠們的聲音。羊群看起來無精打采，冷到動彈不得，呼吸出的氣息在周圍飄蕩。牠們注視著我們，眼神空洞。穀倉有薄薄的夾板牆壁跟雪松木柱子，屋頂是用某種金屬薄板搭的，也許是鋁板。牆壁上有好幾處裂縫和破洞。在這裡打發時間好像挺無聊的。

穀倉跟我想像的不一樣。當然我什麼都沒跟傑克說。這裡面感覺很悶，而且還有臭味。

「那是牠們的反芻物，」傑克說。「牠們一直像這樣，一直在嚼東西。」

「反芻物是什麼？」

「就是牠們從胃裡回流出來、像口香糖一樣咀嚼過、消化到一半的食物。除了偶爾看到奇怪的半消化物以外，晚上這種時候，穀倉裡沒什麼刺激的事。」

傑克帶著我走出穀倉時，什麼話都沒說。穀倉外面有些什麼東西，比反芻物跟持續不斷的咀嚼更令人心神不寧。有兩具牲畜屍體靠在牆上。兩具滿是羊毛的屍體。

兩具癱軟而死氣沉沉的屍體堆在外面，靠著穀倉側邊。我沒有預期會看到這個。沒有血肉模糊，沒有蒼蠅，沒有氣味，沒有任何東西暗示牠們曾經是活物，也沒有腐敗的跡象。這兩隻羊甚至大有可能是用合成材質做的，根本不是有機物。

我想要瞧瞧牠們，但同實也想離遠一點。我以前從沒看過死掉的羔羊，除了餐盤裡加了大蒜跟迷迭香的那種。也許這是我第一次覺得，死亡分成好幾種不同的程度。就像所有事物都有不同的程度：不同程度的活著、不同程度的戀愛、不同程度的承諾、不同程度的確定。這兩隻羔羊並不是在夢遊中度過一生。牠們並沒有灰心氣餒或者生病。牠們沒有想著要放棄。這些沒有尾巴的羔羊死了，死得不能再死，百分之百死了。

「這兩隻羊會怎麼樣？」我對傑克喊道，他走在前面，遠離了穀倉。他現在餓了，我看得出來，而且他想快點進屋裡。風速正在加強。

「什麼？」他對著背後喊道。「妳說死掉的羊嗎？」

「是啊。」

傑克沒有回答。他就只是繼續走。

我不知道還有什麼可說。為什麼他對死羊隻字不提？是我看到那兩具屍體。我但願能對牠們視而不見，但既然我已經看到了，就再也無法忽略。

「牠們之後到底會怎樣？」我問道。

「我不知道。妳是什麼意思？牠們已經死了啊。」

「牠們會留在那裡、被埋起來還是怎樣？」

「可能會找個時間燒掉吧。用篝火燒。等到春天，天氣更溫暖的時候。」傑克繼續走在我前方，「反正牠們現在結凍了。」牠們看起來跟活著的健康羔羊看起來沒多大差別，至少在我心裡如此。但牠們死了，身上有著某種跟活著的健康小羊極其類似、卻也極其不同的東西。

我小跑步跟上，努力防止滑倒。我們現在離穀倉夠遠了，所以我回頭的時候，兩隻羔羊的形影看起來只像一團無生命的形體、一堆固態物質——靠著牆放好的一袋穀物。

「來吧，」他喊道：「我帶妳看看他們用來關豬的老豬圈。他們現在沒有養豬了；太費事了。」

我跟著他沿著小徑走去，直到他停下腳步為止。豬圈看起來已經荒廢，很多年沒人碰過。這是我的感覺。豬隻都沒了，但圈地還在。

「所以那些豬怎麼了？」

「最後兩隻很老了，而且也不怎麼活動，」他說：「就不得不撲殺了。」

「他們就沒有再養新的成豬或豬寶寶嗎？我是說豬崽。養豬戶通常都會這樣做嗎？」

「有時候是。但我猜他們從來沒找新的豬來替補。養豬很費工，而且成本很貴。」

我可能應該識相一點，但我很好奇。「為什麼他們需要把那兩隻豬撲殺掉？」

「農場上就是會發生這樣的事。並不總是令人愉快。」

「是啊，但那兩隻豬有生病嗎？」

他轉身注視著我。「別問了。我不認為妳會喜歡真相。」

「就告訴我吧。我需要知道。」

「在這種農場上過日子有時候很不容易。這是工作。我父母有幾天沒有進豬圈察看那些豬，就只有把豬的食物丟進豬圈裡。那些豬日復一日躺在同一處角落，過了一陣子以後，我爸決定還是應該仔細檢查一下比較好。他走進豬圈的時候，那兩隻豬看起來狀況不太好。他看得出來牠們有些不舒服。

「他決定最好把牠們移動一下。我爸在抬第一隻豬的時候，差點往後栽倒過去。但他辦到了。他把那隻豬抬起來，替牠翻了身。他發現牠的肚子上滿是蛆蟲，有幾千隻。看起來就好像牠的整個下半身都覆蓋著會動的米粒。另外一隻比牠更慘。兩隻豬都貨真價實地被生吃了，從裡到外。妳如果只是從遠處看，永遠不會知道。遠遠地看，牠們好像很滿足、很輕鬆。靠近一看，就是另一回事了。我告訴過妳：生活並不總是令人愉快。」

「老天爺啊。」

「那些豬很老了，免疫系統可能失靈了。感染開始發生，然後傷口腐爛。牠們畢竟是豬，住在污穢的環境裡。可能一開始是牠們其中一隻身上有個小割傷，然後幾隻蒼蠅在那傷口落腳了。無論如何，我爸必須殺死那兩隻豬。那是他唯一的選擇。」

傑克領著我們出去，再度開始吱吱嘎嘎地步行穿過雪地。我設法要踏在他留下的相同足跡上，踩凹的雪被壓實了一點點。

「那些可憐的動物，」我說。但我懂。我真的懂。必須撲殺牠們，了結牠們的苦難，那種痛苦是無可忍受的，就算用上終結性的解決方案也是不得不然。那兩隻羔羊。那兩隻豬。這真的是一翻兩瞪眼，我這麼想，沒有回頭路。也許牠們是幸運的，在如此遭遇之後能夠那樣死去，至少免除了一些苦難。

不同於那對冰凍的羔羊，傑克植入我心裡的那兩隻豬的畫面，沒有任何平靜或人道之處。這讓我納悶：如果苦難沒有隨著死亡而結束呢？我們怎麼可能知道？如果死亡沒有比較美好呢？如果死亡不是出口呢？要是蛆蟲仍然繼續吃、吃、吃，而且豬也仍然感覺得到呢？這種可能性嚇壞了我。

「妳得看看母雞，」傑克說。

我們接近雞舍。傑克解開入口的門閂，我們彎低身子鑽進去。雞隻已經進巢歇息了，所以我們沒有在裡面久待，當然了，就只久到讓我一腳踩進一灘未凍結的流質雞屎，聞到那股那令人不快的氣味，並且看到某隻最後還沒入巢的母雞在吃一顆自己下的蛋。不只是穀倉——每個區域都有一種獨特的氣味。我覺得這地方怪異得令人發毛，雞隻全都坐在細細的欄架上盯著我們瞧。牠們看起來比羊更對我們的出現感到不滿。

「牠們偶爾會這樣做，吃掉雞蛋，如果雞蛋沒有被撿走的話，」傑克這麼說。

「好噁，」我能想到要說的話就只有這個。「你們家沒有鄰居，是吧？」

「不真的有。這要看妳對**鄰居**的定義。」

我們離開雞舍，能讓鼻子擺脫那股味道，我真是感激至極。

我們走路繞到屋子後方，為了保暖，我將下巴往下壓，靠著胸膛。我們現在離開了小徑，在沒剷過的雪上自力開路。正常狀況下我不會覺得這麼餓，但我餓壞了。我抬頭看，看到屋內有個人，在樓上的窗戶裡。一個枯瘦的身影，站著俯視我們。一個留著長直髮的女人。我的鼻尖凍僵了。

「那是你媽？」我揮揮手。沒有回應。

「她可能看不到妳。外面這裡太暗了。」

在我們繼續往前走，跋涉過深及腳踝的雪地時，她還留在窗前。

我的腳和手都凍得發麻，臉頰泛紅，很高興能進到室內。我們踏過門口、進入小門廳的時候，我對著雙手吹氣解凍。我聞得到晚餐的味道。某種肉。燃燒木頭的味道也再度出現，還有一種每棟屋子都有的獨特環境氣味。屬於屋子自身的味道，住在裡面的人永遠察覺不到。

傑克喊著說哈囉。他爸——那一定是他爸——回答說他們馬上就下來。傑克似乎有點分心，幾乎是焦躁不安。

「妳想要穿雙拖鞋嗎？」他問道。「對妳來說可能有點大，但是地板舊了，挺冷的。」

「當然，」我說：「多謝。」

傑克在門左邊的一個木箱裡摸索著，裡面都是帽子跟圍巾，他從中挖出一雙破舊的藍色拖鞋。「我的舊拖鞋，」他說：「我就知道在這裡面。雖然外表不佳，但舒適度可以彌補。」

他用兩隻手拿起拖鞋檢視著，好像把它們捧在懷裡似的。

「我愛這雙拖鞋，」他說，比較像自言自語，而不是在對我講話。他嘆了口氣，然後把拖鞋交給我。

「謝了，」我說道。我不確定我該不該把拖鞋穿上。到最後，我還是穿了，並不合腳。

「好，走這邊，」傑克說。

我們跨過門檻，往左走，進了一間小小的起居室。裡面很暗，傑克在我們走動的時候打開了幾盞燈。

「你父母在做什麼？」

「他們會下來的。」

我們走進一個大房間。一間客廳。這棟房子比起外觀更接近我本來期待看到的模樣。二手家具、地毯、大量木製桌椅。每件家具或小裝飾品都很獨特。而裝潢風格上呢——我不是要吹毛求疵——，實在不怎麼搭配。每樣東西看起來都像古董，購入時間全都不晚於二十年前。我想這樣也許很有魅力。感覺上就像我們在時光中回溯了好幾十年。

音樂加強了這種穿越時空的感覺。我想是漢克．威廉斯。或者比爾．莫洛。也許是強尼．卡許？聽起來像黑膠唱片，但我看不到是從哪裡傳出的。

「臥房在樓上，」傑克說著，指向客廳外面的一道樓梯。「上面沒多少東西。吃過飯以後，我可以帶妳去看看。我告訴過妳，我家並不豪華。這是個古老的地方。」

確實是。每樣東西都很古老，卻顯然很整潔。邊桌上沒有灰塵。座墊上沒有污漬也沒有裂口。有哪間老農舍能夠一塵不染？沙發跟椅子上沒有棉絨、動物毛髮、線頭或泥土。牆壁上掛著許多幅油畫與素描。大多數沒有裱框。油畫很大張。素描的尺寸各有不同，但大多數比較小張。房間裡沒有電視或電腦。有很多盞燈，還有蠟燭。傑克把仍然暗著的那些燈燭點上了。

我想這些裝飾用的人偶是他母親蒐集的。多半是穿著精巧服裝、戴帽穿靴的年幼孩童。都是陶瓷做的，我想。有些人偶在摘花，有些在搬稻草。不管他們在做什麼，他們都會永遠做下去。

燒木柴的爐子在遠處的角落裡劈啪作響。我走過去站在火爐前面，轉過身去用背部感覺爐火的溫暖。「真是愛死這種爐火了，」我說：「在寒冷的晚上讓人好舒服。」

傑克在對面的栗紅色沙發上坐下。

我突然有了個念頭，還沒仔細琢磨就脫口而出。「你父母知道我們要來，對吧？是他們邀請我們來？」

「是啊。我們溝通過。」

在客廳的入口外，樓梯後面有一扇布滿刮痕、破舊不堪的門。門是關著的。

傑克看著我，彷彿我問了個蠢到不行的問題。「就是另外幾間房間。還有地下室也是從那裡下去。」

「裡面是什麼？」

「喔，好，」我說。

「地下室沒有完工。就只是在地上挖了個大坑，用來放熱水器之類的東西。我們沒在使用，是個浪費掉的空間。下面什麼也沒有。」

「地上挖了個大坑？」

「別管它了。它就是在那裡。不是什麼好地方。就這樣。沒什麼。」

我聽到樓上某處有扇門關了起來。我看著傑克，想看看他是否注意到了，但他迷失在自己的思緒裡，專注地直視前方，雖然好像什麼都沒在看。

「門上的刮痕是哪來的？」

「我們以前養狗的時候弄的。」

我從暖爐那裡漫步遊蕩到掛滿油畫與素描的牆邊。我看到牆上也有幾張照片。所有的照片都是黑白照。跟素描不同的是，所有照片都裱了框。照片裡沒有人微笑，每個人都一臉嚴肅。位於中間的是一個年輕女孩的照片，也許十四歲、或是更小。她站著擺出姿勢，身穿白色洋裝。照片已經褪色了。

「這是誰啊？」我一邊問，一邊摸著邊框。

傑克沒有站起來，但從他打咖啡桌上拿來的書裡抬起頭。「我曾祖母。她是一八八五年左右出生的。」

她瘦骨嶙峋又蒼白，看起來很害羞。

「她不是個快樂的人。她有點問題。」

他的語調讓我感到驚訝。那語調裡帶有一種很不像他的惱怒銳氣。

「也許她那時候日子過得很辛苦？」我提出猜測。

「她的問題讓大家都很難受。這不是什麼要緊事。我甚至不知道我們為何把那張照片留在上面。這是個悲傷的故事。」

我想多問一點她的事，卻沒有開口。

「這是誰？」這是個小孩，一個剛會走路的幼童，可能三、四歲。

「妳不知道？」

「不知道。我怎麼會知道？」

「那是我。」

我往照片靠近，以便看得清楚些。「什麼啊？不可能。那不可能是你。這張照片太老了。」

「只是因為那是黑白照片。那就是我。」

我不確定我相不相信他。那孩子光著腳站在一條泥土路上，旁邊是一台三輪車，留著長髮，怒視著照相機。我更靠近點看，然後感覺到我胃裡一陣刺痛。那個孩子看起來不像傑克，一點也不像，反而像個小女孩。更精確地說：照片裡的孩子看起來像我。

——他們說他那時候幾乎不講話了。

——不講話了？

——變得很寡言少語。會工作但不講話。對每個人來說都很尷尬。我在走廊上跟他擦身而過，會說聲「嗨」，而他很難直視我的眼睛。他會臉紅，變得很疏離。

——真的？

——是啊，我記得我很後悔雇用了他。不是因為他沒有能力。一切都打理得很乾淨整齊。他盡了本分。但到了一個時間點，我開始有這種感覺，你知道嗎？我感應到了某種東西。好像他這個人並不那麼正常。

——某些程度上，這件事證明你的感受是合理的。

——確實是。我想，根據我的直覺，我本來應該採取行動，做點什麼事。

——你不能在事發之後才懷疑當初的決定。我們不能被一個人的行為逼得心懷罪惡感。這跟我們無關。我們是正常人。這只跟他有關。

——你是對的。得到這種提醒真好。

——所以，現在怎麼辦？

——我們設法忘記這件事，忘得一乾二淨。我們找個人來替補。我們繼續過日子。

現在餐桌上的氣味好香，真是令人感激。為了準備吃這頓飯，我們今天跳過午餐沒吃。我想要確保到時候會很餓，而我現在確實如此。我只擔心我的頭痛，還有我最近幾天注意到嘴裡隱約有種金屬的味道，吃某些特定的食物時會有，而且在吃水果跟蔬菜的時候似乎最嚴重。一種化學性的味道。我完全不知道是什麼原因導致的。我注意到以後，不管吃什麼都沒胃口，而我希望現在別發生這種事。

我也很驚訝我們還沒見到傑克的父母。他們在哪裡？餐桌都擺好了，菜也上了。我聽到另一個房間裡傳來拖著腳步的聲音，可能是廚房。我替自己拿了個圓麵包卷，一個暖呼呼的圓麵包卷，把它撕成兩半，在上面抹了一塊奶油。我意識到只有我先開動，便制止自己別吃下去。傑克就只是坐在那裡。我餓壞了。

我又要向傑克問起他父母的時候，入口處的門打開了，他們一前一後走進來。

我站起來打招呼。

「坐啊坐啊，」他爸爸一邊說，一邊揮著手。「很高興見到妳。」

「多謝你們邀我來。菜聞起來好香。」

「希望你們很有食欲，」傑克的媽媽說著，自己坐了下來。「我們很高興你們來這裡。」

事情發生得很快。沒有正式的介紹、沒有握手。現在我們全都在這裡，在餐桌前。我猜這很正常。我對傑克的父母很好奇。我可以看出他爸的態度有所保留，幾近於冷淡。他媽媽臉上堆滿笑容。她從廚房裡現身以來都沒停止過微笑。傑克的父母都不會讓我想起傑克，從外表上來說不會。他媽媽比我預想中更濃妝豔抹。她的妝化得好濃，讓我覺得已經到了有點令人不安的程度。我絕對不會跟傑克提起。她的頭髮染成一種墨水般的黑色。襯托著她粉白的膚色跟光亮的紅唇，顯得很刺眼。她看起來也有點顫巍巍的，或者該說是脆弱，彷彿她可能隨時都會像落地的玻璃杯那樣碎成片片。

她穿著一件過時的短袖藍色絲絨洋裝，領口跟袖子周圍有白色的蕾絲褶邊，就好像她剛去參加正式的接待活動，或是正準備要去。這種洋裝我不常見到，也不合季節，比較適合夏天而非冬天，而且對一頓簡單的晚餐來說太隆重了。我覺得自己穿得太隨便。她也是光著腳。沒穿鞋子、襪子或者拖鞋。我把餐巾鋪到腿上的時候，我瞥見一眼桌下的景象：她右腳的大拇趾沒有指甲。她的其他指甲則塗成了紅色。

傑克的爸爸穿著襪子跟皮革拖鞋，藍色的工作褲，還有一件格紋襯衫，袖子捲了起來。他的眼鏡用一條繩子掛在脖子上。他前額貼著一片細窄的ＯＫ繃，就在左眼上方。

食物在桌邊傳遞著。我們開始吃。

「我的耳朵一直有問題，」傑克的媽媽宣布。我從盤子上面抬頭看。她正看著我，露出大大的笑容。我可以聽到餐桌後面貼著牆壁的大老爺鐘滴答的響聲。

「妳的問題不只這一個，」傑克的爸爸回應。

「耳鳴，」她說道，同時把手放到她丈夫手上。「就是這個問題。」

我望著傑克，然後回來看他媽媽。「抱歉，」我說：「耳鳴。是什麼樣的耳鳴？」

「這可不好玩，」傑克的父親說：「一點都不好玩。」

「不，這不好玩，」他媽媽說：「我聽到我耳朵裡有嗡嗡聲響。在我腦袋裡。不是時時刻刻，但很多時候都有。生活背景音裡面的穩定嗡嗡聲。起初他們以為是耳屎的關係。但並不是。」

「真可怕，」我說著，又瞥了傑克一眼。沒有反應。他繼續把食物剷進嘴裡。

「我想我也聽說過這種症狀，」我說。

「而我的聽力正在逐漸衰退。這全都是相關的。」

「她**老是**要求我把話重複講一遍，」他爸爸說。他啜飲著他的葡萄酒。我也啜飲著我的。

「還有那些人的聲音。我聽到耳語。」

又一個大大的咧嘴笑容。我再度望向傑克，這次眼神更嚴厲。我在搜尋他的臉，想要找尋答案，然而我什麼也沒看到。他需要在這時候介入、幫我一把。但他沒有。

而就在那時候，當我看著傑克、尋求某種幫助的時候，我的手機開始響了。傑克的媽媽在她椅子上震了一下。

我可以感覺到我的臉變得更熱了。這樣很不妙。我的手機在我包包裡，包包在下面，在我的椅子旁邊。

終於。傑克抬頭看著我。「抱歉，是我的手機。我以為它沒電了。」我說。

「又是妳朋友？她打電話打了一整晚。」

「也許妳應該回電，」傑克的媽媽說：「我們不介意。如果妳朋友有事需要妳。」

「不，不。這沒什麼要緊的。」

「也許有，」她說道。

手機繼續響著。沒有人說話。響了幾下以後，鈴聲停了。

「無論如何，」傑克的爸爸說：「這些症狀實際上不像聽起來那麼糟。」他伸手過去，又碰了一下他太太的手。「不像電影裡演的那樣。」

我聽到嗶嗶聲提示有人留言。又一則留言。我不想聽那則留言。但我知道我會有必要聽。我無法永遠忽略它。

「耳語，我是這麼稱呼那些聲音的，」傑克的媽媽說：「其實那些聲音不是像妳或我這樣的人聲，沒有說出任何能讓人聽懂的話。」

「這讓她很難受，尤其是晚上。」

「晚上最慘了，」她說：「我根本不太能睡了。」

「她睡覺的時候，也睡得不太平靜。我們兩個都是。」

我有點絕望。我不確定要說什麼。「那真的很辛苦。關於睡眠的研究做得越多，我們就越是了解到睡眠有多重要。」

我的手機又開始響了。我知道這不可能，但這次鈴聲更大聲了。

「來真的？妳最好接這一通，」傑克說。他摩挲著前額。

他父母什麼話都沒說，只交換了一個眼神。我不會接的。我不能。

「我真的很抱歉，」我說。「煩到大家了。」

傑克在瞪我。

「那種東西帶來的麻煩，有時候可能超過它們的價值，」傑克的爸爸說。

「睡眠癱瘓，」他母親說。「這是一種嚴重的毛病。會造成病人衰弱。」

「妳有聽說過這個嗎？」他爸爸問我。

「我想有，」我說道。

「我動不了，但我是醒著的。我有意識。」

他父親突然間活躍起來，在他說話時用叉子比劃著。「有時候我會在半夜無緣無故醒來。我轉過身去望著她。她躺在那裡，在我旁邊仰躺著，完全不動，她的眼睛——是睜大的，而且她的表情非常驚恐。我總是會被嚇著。我永遠不會習慣的。」他戳刺著他盤子裡的食物，嚼著一嘴飯菜。

「我感覺到一股很沉的重量。壓在我胸口，」傑克的媽媽說。「常常讓我很難呼吸。」

我的手機再度嗶嗶作響。這次是一則很長的留言。我分辨得出來。傑克的叉子掉了。我們全都轉向他。

「抱歉，」他說。然後一片安靜。我從來沒看過傑克這樣異常地專注於他那盤食物。他瞪著食物，但他沒在吃了。

是我的手機打消了他的食慾嗎？或者我說了什麼讓他心煩的話嗎？我們抵達以後，他好像就不一樣了，心情變了。現在我感覺像是自己一個人坐在這裡。

「所以，一路上狀況如何？」他父親問道，終於促使傑克開口說話。

「很好。一開始車流很繁忙，但大約過個半小時，就都很平順了。」

「這些鄉間小路沒有多少人在走。」

撇開外表，傑克跟他父母很相似。細微的動作。手勢。他和他們一樣，思考時會把兩手握在一起。他說話的方式也像他們。突然間就把話題換了個方向，擺脫他不想討論的主題。這點很顯著。看到某個人跟他們的父母在一起，是一種很實質的提醒：我們全都是複合物。

「沒人喜歡在天冷又下雪的時候開車，怪不得他們，」傑克的母親說：「這一帶什麼都沒有。好幾哩路上都空無一物。不過空曠的道路很能讓人在旅途上放鬆心情，不是嗎？尤其在晚上。」

「而且有了那條新的高速公路，再也不會有人走這些偏僻小路了。妳可以沿著路中央走回家，也不會被車撞。」

「可能要花上一點時間，還會有點冷。」他母親笑出聲來，雖然我不確定是為什麼。「但妳會很安全的。」

「我實在太習慣車流了，」我說：「這趟車程很好。我之前不常待在鄉間。」

「妳是來自市郊，對吧？」

「出生長大都在那裡。在市區外大約一小時左右車程。」

「對，我們去過妳那個部分的世界。很靠近水邊嗎？」

「對。」

「我不認為我們有去過，」她說。我不知道要怎麼回答。那不是矛盾嗎？她打了哈欠，可能有也可能沒有的舊日旅行回憶讓她感到疲倦。

「我很驚訝，妳不記得我們上次去那裡的時候，」傑克的爸爸說。

「我記得很多事情，」傑克的媽媽說。「傑克之前在這裡。跟他的上一個女朋友一起。」她對我眨眨眼睛，或者是做類似眨眼的同類動作。我實在分辨不出那是抽搐還是故意的。

「你不記得嗎，傑克？我們吃掉的那一堆食物？」

「那沒什麼好記得的，」傑克回答。

他吃完他的飯了。他的盤子徹底乾乾淨淨。我自己那一份還沒吃到一半。我把注意力轉向餐點，切下一片半熟的肉。外層顏色很深，猶如硬殼，裡面則是半熟，呈粉紅色，軟綿綿的。我盤子上有醬汁跟血的痕跡。有某種呈膠狀的沙拉，我一直沒有碰。我的飢餓感減弱了。我壓碎一些馬鈴薯跟蘿蔔，疊在一口肉上面，然後送進嘴裡。

「有妳跟我們在一起真是太好了，」傑克的媽媽說道。「傑克從不帶他的女朋友過來。這樣真是太棒了。」

「絕對是，」他父親說。「我們獨處的時候這一帶太安靜了，而且——」

「我有個主意，」傑克的母親說。「會很有趣的。」

我們全都看著她。

「我們以前會玩很多遊戲，為了打發時間。有一個遊戲是我的最愛。而我認為妳應該很擅長，如果妳想玩的話。何不由妳來當傑克呢？」她對我說道。

「是。對，」傑克的爸爸回答：「好主意。」

傑克望著我，然後收回視線。他握著叉子，懸在他的空盤上。

「所以，我們是要……妳的意思是，扮成傑克嗎？」我問。「遊戲就是這樣嗎？」

「對，」他媽媽說。「模仿他的聲音，像他那樣說話，做任何像他的事情。噢，會很有趣的。」

傑克的父親放下了他的餐具。「這真是個好遊戲。」

「我不是——這實在是——我不是很擅長這種事情。」

「裝出他的聲音。就只是好玩嘛，」他母親堅持。

我看著傑克。他不願接觸我的眼神。「好吧，」我這麼說，拖延時間。在他父母面前模仿他讓我覺得不自在，但我不想讓他們失望。

他們在等。在盯著我看。

我清了清喉嚨。「哈囉，我是傑克，」我說著，把我的聲音壓沉了。「生化學有許多優點；文學與哲學也是。」

他父親微笑點頭。他母親咧嘴笑了。我覺得很尷尬。我不想玩這個遊戲。

「不錯，」他爸爸說：「相當不錯。」

「我就知道她會表現得很好，」他媽媽說。「她懂他。裡裡外外。」

傑克抬頭。「我會試試，」他說。

這是他好一段時間以來說的第一句話。傑克不喜歡玩遊戲。

「這樣就對了，」他母親拍著手說道。

傑克開始用顯然是故意假裝成我的聲音講話。那聲音比他自己的稍微高亢一點，不過不至於高亢到滑稽。他不是在嘲弄我；他是在模仿我。他用細微但精確的手勢與臉部表情，把隱形的頭髮撥到一隻耳朵後面去。這很讓人震驚、精確又令人反感。讓人不悅。這不是搞笑性質的模仿。他很認真看待，太過認真了。他在眾人面前變成了我。

我轉而去看他父母。他們睜大了眼睛，很享受這場表演。傑克表演結束的之候，有一陣暫時的停頓，然後他爸爸爆出一聲大笑。他媽媽也笑得前合後仰。傑克沒有笑。

然後電話鈴響起。但這一次不是我的手機。是農莊的室內電話，從另一個房間尖銳地響起。

「我最好接一下，」他母親在鈴響第三聲以後說道，她走開時還在咯咯竊笑。

他父親拿起刀叉，又開始吃了。我再也不覺得餓了。傑克要我把沙拉傳過去。我照做了，而他沒有道謝。

他媽媽回到房間裡。「是誰？」傑克問道。

「沒誰，」她說著坐下來。「打錯電話。」

她搖搖頭，用她的叉子戳起一片紅蘿蔔。

「妳應該看一下手機，」她說。她瞄我的時候，我感受到某種不安。「真的，我們不介意。」

◎◎◎

我不能吃甜點。原因不只是因為我飽了。甜點端上桌時，帶來片刻的尷尬，那是某種巧克力樹幹蛋糕，上面抹了好多層鮮奶油。我先前要傑克提醒他父母，我有乳糖不耐症。他一定忘記了。我不能碰那個蛋糕。

趁傑克跟他父母待在廚房裡的時候，我檢查了我的手機。沒電了。這樣可能最好。我早上再處理。傑克的媽媽回到餐桌前的時候，她穿的是一件不同的洋裝。似乎沒有別人注意到。也許她一直都會這樣做？為了吃甜點換一件外衣？這是個很細微的改變。那是同樣款式的洋裝，只是顏色不同。就像是電腦的小故障，導致洋裝有了小小的失真扭曲。也許她失手灑了什麼東西在原本那件洋裝上？她也在沒有指甲的那根大拇指上貼了個OK繃。

「我們可以給妳弄點別的東西嗎？」傑克的父親再度問道。「妳確定妳不想吃點蛋糕？」

「不，不用。我可以了，真的。晚餐很棒，而且我超飽的。」

「妳不喜歡奶油真是太可惜了，」傑克的媽媽說。「我知道它有點塌掉了。但很好吃。」

「它確實看起來很好吃。」我說。我克制住沒有糾正她所謂的「不喜歡」。這跟不喜歡毫無關係。

傑克還沒吃甜點。他沒碰叉子，也沒動盤子。他往後靠在椅上，玩弄著一綹腦後的頭髮。

我感覺到身體一震，好像被捏了一下似的，然後震驚地發現我正在咬指甲。我的食指還在我嘴裡。我注視著我的手，拇指指甲幾乎被咬掉一半。我什麼時候開始咬的？我回想不起來，然而我在整個晚餐期間一定都在咬。我把我的手往下拉，放回身體側面。

傑克就是因為這樣才盯著我看嗎？我怎麼可能沒發現自己咬指甲咬成這樣呢？我可以感覺到我嘴裡有片指甲的碎屑，卡在臼齒上。好噁心。

「傑克，今天晚上你可以幫我拿堆肥出去嗎？」他母親問道。「你爸的背還在痠，廚餘桶又滿了。」

「當然，」傑克回答。

也許只是我這麼想，但感覺好像這整頓晚餐都一直有點古怪。這棟房子、他的父母、這整趟車程，都不是我本來預料的樣子。這一切並不好玩，也不有趣。我沒想到一切都會這麼老舊過時。從我們抵達以後，氣氛一直令人不太自在。他父母還不錯——尤其是他爸爸——但兩個人都不是很健談。他們的話是很多，但大多數話題是關於他們自己。也有幾次相當漫長拖沓的沉默，伴隨著餐具刮擦餐盤、音樂、滴答作響的鐘，還有火焰的劈啪響聲。

因為傑克是個很會聊天的人，在我認識的人中數一數二，我本來以為他父母也很健談。我以為我們會談到工作，也許甚至還會討論政治、哲學、藝術，諸如此類的事情。我以為這棟房子會比較大，屋況會比較好。我以為會有更多活生生的動物。

我記得傑克有一次告訴我，高品質的知性互動中，最重要的兩件事情是：

一：讓簡單的事物保持簡單，複雜的事物保持複雜。

二：別帶著一個策略或解決方案進入任何對話。

「抱歉，」我說。「我得去一下廁所。就在門後面嗎？」我的舌頭正在輕推卡在牙齒之間的那片指甲。

「沒錯，」傑克的爸爸說。「跟家裡的所有東西一樣，就在那個方向，在那條長走廊的尾端。」

我的手沿著牆壁摸，花了一兩秒才在一片漆黑中找到燈的開關。我把燈打開的時候，一陣洪亮的嗡嗡聲跟著明亮的白光響了起來。這不是我在廁所裡習慣看到的正常黃光。它是一種無菌的、外科手術式的白，逼著我瞇起眼睛。我不確定到底是那光線還是那嗡嗡聲比較刺人。

現在，我在這裡、在這樣的光線之下，我更加清楚地察覺到這棟房子有多暗。

我一關上門，做的第一件事就是把我牙齒裡的那塊指甲弄鬆，吐到手裡。很大塊。巨大無比。令人作嘔。我把它丟進馬桶裡。我看著我的雙手。我無名指上的指甲，就像我拇指上的那塊，很明顯地被咬短了。皮膚與指甲交界的邊緣有血跡。

洗臉台上方的置物櫃上沒有鏡子。反正我不想看到我自己，今天不想。我感覺我好像有眼袋。我確定我有。我感覺不像自己了，臉紅充血，急躁不安。我感覺到過去幾天缺乏睡眠跟晚餐喝的葡萄酒的效果。酒杯很大，而傑克的爸爸反覆地斟滿酒杯。我得尿個半小時。我坐在馬桶上，覺得好一點了。我不想回去外頭，還不想。我的頭還在痛。

吃完甜點之後，傑克的父母跳起來清理桌子，然後往廚房去了，留下傑克跟我獨處。我們坐著，沒怎麼說話。我可以聽到他父母在廚房裡說話。嗯，我沒有聽見他們的話，確切來說沒有。我沒辦法聽出話語的內容，但我可以聽到他們的語調。他們在爭執。我們的晚餐對話似乎點燃了他們之間的某種紛爭。他們爭執得很激烈。我很高興不是在我面前發生的。或者是在傑克面前。

「那裡怎麼了?」我悄聲問傑克。

「哪裡?」

我沖了馬桶,然後站起來。我還沒有完全準備好回去外面那裡。我掃視著周圍的細節。有個浴盆跟淋浴蓮蓬頭,淋浴區的桿子上面有幾個吊環,但沒有浴簾。有個小小的垃圾桶。還有個洗臉台。似乎就是這樣了。全都非常整齊,非常乾淨。

牆上的白色磁磚跟白色地板是一樣的顏色。我試探了一下置物櫃的鏡子,或者說是應該有鏡子的地方。它打開了。除了一個處方藥空瓶以外,裡面的架子空空如也。我關上櫃門。燈光實在好亮。

我在洗臉台洗了手,然後注意到一隻暈頭轉向的小家蠅停在洗臉盆邊緣。大多數蒼蠅在妳的手靠近牠們時就會飛走了。我揮揮手,什麼動靜都沒有。我用手指輕輕掃過那隻昆蟲的翅膀。牠微微移動,卻沒有嘗試飛走。

如果牠不能飛了,牠就沒有辦法離開。牠不可能爬出去。牠困在這裡了。牠了解嗎?當然不。我用我的拇指把牠壓爛在洗臉盆邊緣。我不確定為什麼。這不是我常態下會做的事。我猜我在幫助牠。這樣很迅速,這樣似乎比另一個選項,也就是讓它被捲進排水管、轉著圈子緩緩死去來得好。也好過把牠留在洗臉台裡。牠只是許許多多其他蒼蠅中的一隻。

我還在看壓扁的蒼蠅，這時我有種感覺，有人跟著我到廁所來了。我不是一個人。門外沒有雜音。沒有敲門聲。我沒聽到任何腳步聲。就只是一種感覺。但這感覺很強烈。我想有人就在門外。他們在聽嗎？

我沒有動。我沒聽見任何聲音。我走近門，慢慢把我的手放到門把上。我又多等了一會，手握著門把，然後我猛然把門拉開。沒有人在那裡。只有我的拖鞋，我進來以前把拖鞋留在外面了。我不確定為什麼。

應該說是傑克的拖鞋。他借給我的那雙。我以為我把拖鞋放成面對廁所的方向。但現在拖鞋面朝外，朝著走廊。我無法確定。一定是我剛才把拖鞋放成那樣了。一定是我放的。

我讓門敞開，但朝著洗臉台走回去。我開了水龍頭，把死蒼蠅的碎片洗掉。一滴鮮紅的血落在洗臉台裡。然後又一滴。我在水龍頭上的倒影裡瞥見我的鼻子，上下顛倒。鼻子在流血。我抓了一張衛生紙揉成球，壓在我臉上。我的鼻子為什麼在流血？

我好多年沒流鼻血了。

我離開了廁所，在走廊上往前走，經過一扇門，肯定是通往地下室的。門是開的，一條狹窄、陡峭的樓梯通往下方。我停下來，把我的手放在打開的門上。在任何一個方向，最輕微的動作都會讓門吱嘎作響。鉸鏈需要上油了。在樓梯平台上有一小塊磨損的地毯，鋪向木頭台階。

我聽到洗碗還有對話的聲音，從廚房傳出。傑克在那裡跟他父母在一起。我不覺得有需要匆忙回去。我會給他一些時間跟他們獨處。

從樓梯頂端我看不到太多東西。下面那裡很暗。不過，我可以聽到有什麼聲音從地下室傳來。我往前走。在我穿過那道門的時候，我看到一根白色繩索掛在我右方。我拉了一下，然後單單一顆燈泡嗡嗡響著亮起。從下面傳來的聲音，我現在聽得更清楚了。一種模糊的吱嘎聲，比鉸鏈的聲音更尖銳、更高頻。一種悶住的，哼唧唧的反覆碾磨聲。

我很好奇想看地下室。傑克說他父母沒在用那裡。所以下面有什麼？是什麼東西發出那種聲音？熱水器？

樓梯凹凸不平、踩不太穩，沒有扶手。我看到一扇用地板改造成的活板門，右側用一個金屬夾維持在打開的位置。活板門關上的時候，樓梯會被藏在下面。門上有些刮擦痕跡，就像是在客廳門上的刮痕，活板門上面到處都是。我讓手指拂過那些刮痕，刮得不是非常深，但看起來很狂亂。

我開始往下走，感覺就像進到一艘帆船的下甲板。沒有欄杆，我就用牆壁來引路。

走到底部時，我踩上一大塊鋪在礫石地上的水泥板。下面這裡的空間不大，架著樑木的天花板很低。我前方有好幾座層架，上面放著棕色的紙箱，老舊、潮濕、沾著污漬，而且脆弱不堪，積了很多灰塵。架子上有一排又一排的箱子。在這裡，在活板門底下，有這麼多東西被鎖起來。被埋藏著。傑克說的是「我們沒在用那裡」。「下面什麼也沒有。」這不完全是真話。根本不是真的。

我轉過身去。在我後面、樓梯後方，我看見一口火爐、一個熱水槽，還有一個電子儀表板。還有別的東西，某件設備，很老舊、生了鏽，已經不能運作了。我不確定那是什麼。

這個房間還真的是沒比地上的一個坑強多少。以這麼一棟舊農舍來說，可能是正常的。我想像這裡在春天會淹水。四壁是用泥土跟大塊岩床構成的，並不真的是牆壁，就像地板並不真的是地板。沒有吧台或者撞球桌。沒有桌球。任何一個小孩在這裡獨處幾秒都會嚇壞。這裡也有一股味道。我不知道是什麼味道。濕濕冷冷。沒有循環流動的空氣。霉味。腐臭。我在這下面幹什麼？

我正打算往回走的時候，在房間的另一端、水槽後面，我注意到有些什麼東西發出了聲音。一台擺動的白色小風扇座落在一個架子上。這裡太暗了，我幾乎看不到它。我真的應該回到樓上，回到餐桌旁。

我不認為傑克想讓我看到這個。然而這個念頭只讓我想要在這裡待久一點。我不會花太長時間。我小心翼翼地從水泥塊上走下來，朝著風扇走去。它來回轉動。為什麼冬天要開電風扇？現在就夠冷的了。

靠近火爐的地方有一張放在畫架上的油畫。開電扇就是為了這個嗎？為了吹乾畫作？我無法想像長時間待在這下面畫油畫。我沒看到任何顏料或筆刷，也沒有其他美術用品。沒有椅子。畫家是站著的嗎？我假定作畫的人是傑克的媽媽。但她比我高，而我幾乎必須彎下腰，好讓頭不至於撞上天花板上的橫樑。而且為什麼要跑這麼遠到下面這裡來作畫？

我往那幅畫更靠近。畫作上充滿了狂野、沉重的筆觸，還有某些非常具體的細節。這是一個空間、一個房間的畫像。可能是這個房間，這個地下室。的確就是。畫面很暗，但我可以看到樓梯、水泥塊、那些架子。唯一不見的東西是火爐。在火爐的位置是個女人。或者也許是個男人。是個實體，一個留著長髮的人，站立著微微彎腰，有長長的手臂、長長的指甲，真的很長，幾乎像是爪子，看起來彷彿正在越長越長、越長越銳利，儘管實際上並沒有。畫作的底部角落有第二個人，體型比較小一些；是個小孩嗎？

我瞪著這張畫，想起了傑克在今晚車程裡提到的某件事。他說的時候我只有一半的心思在聽，所以我很訝異我現在能這麼清楚回憶起他的字句。他談到哲學裡為何需要舉例，大多數的理解與真理如何結合了確定性與理性演繹推論，但也有抽象化。「兩者的整合，」他說：「這才是重點。」我那時望著窗外經過的田野，注視著光禿禿的樹飛掠過去。

「這種整合反映了我們的心智運作方式，**我們發揮功能**以及彼此互動的方式；我們在邏輯、理性及其他事物之間的分裂，」他說：「某種更接近感受，或者性靈的東西。這邊可能會說到一個讓妳不快的字眼。但我們沒有辦法透過理性理解世界，甚至連想法最實際的人都不能，不能完全理解。我們仰賴象徵來賦予意義。」

我瞥他一眼，卻什麼都沒有說。

「我不只是在講希臘人。這是相當常見的思路，西方與東方都有。這是普遍性的。」

「你說的象徵時候，意思是……？」

「寓言，」他說：「詳盡的隱喻。我們不只是透過經驗來理解或確認重要性與有效性。我們透過例證來接受、拒絕與分辨。象徵之於我們對生命的理解、我們對存在的理解、以及什麼東西有價值、什麼事情值得做，都像數學與科學一樣重要。而我是以科學家的身分這麼說的。我們如何貫徹始終做完一件事、如何做出決定，這全是其中的一部分。妳看，就在我說出這些話的時候，我聽到這番話聽起來如何了，非常理所當然又老套，卻很有趣。」

我再度注視著那幅畫。畫中那人長相平庸，沒有特色。長長的指甲指向下方，濕濕的，幾乎在滴水。風扇來回轉動，吱嘎作響。

油畫旁邊有一座小而骯髒的書架。裡面塞滿舊文件。一頁又一頁。素描。我撿起一張。紙張很厚。然後又撿了另一張。它們全都在畫這個房間，全都在畫這個地下室。而且每張素描裡，都有一個不同的人取代火爐的位置。有的短髮，有的長髮；有一個長了角，有些有胸部，有些有陽具，有些兩者皆有。他們的指甲全都很長，還有同一種了然於心、癱瘓無力的表情。

每張畫裡也都有那個孩子。通常在角落裡。有時候在其他地方——在地板上，抬頭看著較大的人影。在其中一張畫裡，這孩子在女人的肚子裡。另一張畫裡的女人則有兩個頭，其中一個頭是那個孩子的。

我聽到樓上的腳步聲，細微而輕柔。是傑克的母親嗎？為什麼我認為是她畫了樓下的這些油畫跟素描？我聽到樓上傳來更多腳步聲，更沉重了些。

我聽到人聲。在講話。兩個人。我聽得出來。從哪傳來的？是傑克的爸媽，在樓上。他們又在吵架了。

說吵架可能太強烈了，但對話並不友善，帶著火氣。有事不對勁。他們心情不快。我需要更接近通風口。另一端的牆壁旁有個生鏽的顏料罐，我把它直接挪到通風口下面。我站在罐子上面，靠著牆讓自己維持平衡。他們正在廚房裡講話。

「他不能一直這麼做。」

「這不可能長久維持下去。」

「他花了那麼多時間才達到目標，就只為了現在半途而廢嗎？他就這樣前功盡棄了。我當然會擔心啊。」

「他需要穩定，需要某種可靠的東西。他太常獨處了。」

他們是在講傑克嗎？我把手放到牆壁上更高的地方，然後踮起腳尖。

「妳一直告訴他，不管他想做什麼，他都能做到。」

「不然我該說什麼？你不能日復一日像那樣過日子，害羞、內向……這麼……」

她在說什麼？我搞不懂。

「需要脫離他的腦內世界，往前邁進。」

「他離開實驗室了。那是他的決定。他從一開始就不該走那條路。重點是……」

這裡有些話我聽不清楚。

「對，對。我知道他很聰明。我知道。不過這並不表示他必須走那條路。」

「……一份他能保住的工作。堅持下去。」

離開實驗室？所以他們在講傑克？他們是什麼意思？傑克還在那裡工作啊。他們的話越來越難聽清楚了。如果我可以再踮高一點、靠近一點就好了。

顏料罐歪了，我猛然撞上牆壁。聲音停止了。我的動作凍結住。

有一秒鐘，我認為我聽到有人在我後面移動。我不該下來這裡。我不該偷聽那些話。我轉身回顧樓梯，但那裡沒有人。就只有裝滿箱子的層架、從樓上來的微弱燈光。我沒再聽見人聲了，完全聽不到。很安靜。只有我一個人。

一種可怕的幽閉恐懼感落在我身上。要是有人來關上蓋住樓梯的活門呢？我會被困在下面。地下室會很暗。我不確定我要怎麼辦。我站起來，不願進一步去想這件事，同時揉著我撞上牆壁的膝蓋。

沿著樓梯往回走的路上，我注意到那扇關閉時可以藏住樓梯的活板門上面，有一副門閂跟門鎖。門閂用螺絲鎖進樓梯旁邊的牆壁裡，但門鎖是在活板門底部。你會以為門鎖應該裝置在頂端，好讓他們可以從外面上鎖。活板門可以從任何一邊開關，如果你在地下室就往上推，如果你在樓上就拉起來。但是，門鎖只能從下面鎖住。

——我們知道正式的死因嗎？

——失血過多，由穿刺傷口造成。

——真可怕。

——我們認為他流血流了好幾小時。流得不少。

——不小心發現一定很恐怖。

——對，我想也是。恐怖駭人。這種事你絕對不會忘記。

我從地下室回來的時候，餐廳是空的。桌子清過了，只剩下我的甜點盤。我探頭到廚房裡。用過的髒盤子堆成一堆，沖過水了，不過還沒洗。水槽裡滿是灰色的髒水。水龍頭在滴滴答答、滴滴答答。

「傑克？」我喊道。他在哪裡？大家都在哪裡？也許傑克把餐桌上的廚餘拿去棚屋裡的堆肥處了。

我瞥見通往二樓的樓梯，踩起來很柔軟的綠色地毯，有木製護牆板的牆壁。更多照片。有一大堆是同一對老夫婦的照片。都是舊照片，沒有一張是傑克更小的時候的照片。

傑克告訴過我，晚餐後他會帶我去看樓上，所以為何不現在就去看呢？我直接朝著頂端走，那裡有扇窗戶。我往外張望，但天色太暗，看不到外頭。

我左邊有一扇門，上面有個特殊字體的小「J」掛在上面。傑克的舊臥房。我走了進去。我在傑克床上坐下，環顧四周。很多的書。滿滿的四個櫃子。每個書櫃上面都有蠟燭。床很軟。床上的毯子是我會期待在一棟老農舍裡看到的——自家手工的編織品。對一個這麼高的人來說，這是張小床，就是一張單人床。我伸出雙手撐在我旁邊，手掌朝下，然後上下彈跳，就像一顆掉進水裡的蘋果。床輕輕嘎吱了一聲，代表彈簧年事已高，而且多年未用。老彈簧。老房子。

我站起來。我走過一張久經使用、看起來很舒服的藍色椅子，到了窗前的書桌那裡。書桌上沒多少東西。一個馬克杯裡有些普通筆，還有鉛筆。一只棕色茶壺。幾本書。一把銀色大剪刀。我拉開書桌最上面的抽屜。裡面有些常見的文具——迴紋針、筆記本，也有個棕色信封，外面寫著**我們**。看起來像是傑克的筆跡。我就是不能放著它不管。我拿起信封，打開了它。

裡面是照片。我可能不該這麼做。這其實不干我的事。我迅速翻看了這些照片。有大約二、三十張。全都是特寫照片。身體部位。膝蓋。手肘。手指。很多腳趾。某些嘴唇跟牙齒，牙齦。幾個極近的特寫，就是頭髮跟皮膚，也許還有青春痘。我分辨不出那是不是全都屬於同一個人。我把這些照片放回信封裡。

我從來沒有看過像那樣的照片。它們是某種藝術品嗎？像是為了一場表演，或者為了展覽，或者是某種裝置藝術？傑克向我提過，他喜歡攝影，而他唯一的課外活動就是藝術課程。他說他有一台真的很好的相機，是他存錢買的。

整個房間裡也有很多照片，風景、某些花跟樹、還有人。我沒認出任何一張臉。我在屋裡看到唯一一張傑克的照片，就是樓下火爐旁邊的那一張，他聲稱是他小時候的那張照片。不過那不是。我確定不是。這表示我從沒看過半張傑克的照片。他很害羞，我知道，但還是不對勁。

我從一個架子上拿起一張裱框的照片。一個金髮女孩。她戴著一條藍色大手帕髮帶，前面打了結。他高中時代的女友？她深愛著他，或者說傑克這麼聲稱，而這段關係對他的意義，從來就不盡然等同於對她的意義。我把那張照片拿到我臉前面，幾乎碰到鼻子了。但傑克說過，她是紅髮高個子。這女孩是金髮，像我一樣，而且很矮小。她是誰？

在背景裡，我注意到別人。那是個男人，不是傑克。他正注視著照片裡的那個女孩。他跟那女人有連結。他靠得很近，而且在看著她。是傑克拍了那張照片嗎？

有隻手碰到我的肩膀，我驚跳了一下。

那不是傑克。是他父親。「你嚇了我一跳，」我說。

「抱歉，我以為妳跟傑克一起在房間裡。」

我把照片放回架子上。它掉到地板上。我彎腰撿起照片。

我轉回去面對傑克的爸爸時，他正咧嘴笑著。他額頭上有第二個OK繃，就貼在原來那一個上面。

「我不是要嚇妳，我只是不確定妳是不是沒事。妳在發抖。」

「我很好。我猜我是有點冷。我在等傑克。我還沒看過他的房間，而我剛才只是想……我真的在發抖嗎？」

「從背後看，看起來像這樣——就只有一點點。」

我不知道他在說什麼。我沒在發抖。我怎麼可能會？我很冷嗎？也許我是這麼覺得。在我們坐下來吃飯以前，我就已經覺得冷了。

「妳確定妳沒事？」

「是啊，我沒事。我很好。」他是對的。我低頭看，注意到我的手微微顫抖著。我把雙手合起來背在後面。

「他以前花很多時間待在這裡。我們正在慢慢把那個房間改造成客房，」傑克的父親說。「這個房間還是讓人強烈聯想到一個書蟲高中生，在這種狀況下，我們總覺得把客人安置在這裡很不對勁。傑克一直都喜歡書、喜歡小說。還有寫日記。這對他來說是一種安慰。他可以用這種方式解決問題。」

「那樣很好。我注意到他還是喜歡寫作。他花很多時間寫東西。」

「那是他理解世界的方式。」

在他這麼說的時候，我有了某種感覺，是對傑克的憐憫，還有感情。

「這裡很安靜，」我說：「在屋子的後方。這樣有利於寫作。」

「對，而且對睡眠也很好。不過傑克啊，妳可能也知道了，傑克向來睡不好。歡迎你們倆今晚留下來過夜。我們希望你們這麼做。你們不必急著走。我告訴過傑克。我們希望你們留下。我們有很多食物可以早上吃。妳喝咖啡嗎？」

「喔，多謝，我可能應該讓傑克來決定。我確實愛喝咖啡。不過傑克早上得要上班。」

「是嗎？」他的父親說道，他一臉困惑。「無論如何，如果你們留下就太好了。就算只過一夜。而我們想要妳知道，我們非常感激妳在這裡。感激妳現在做的事。」

我把一些散落的頭髮塞到耳後。我在做什麼事？我不確定我理解這句話。「來到這裡很好，很高興認識你。」

「這一切對傑克很好。妳一直對他很好。自從那件事以後，已經過了這麼久……不過，我只是認為這樣對他很好，總算好了。我們滿懷希望。」

「他一直講到農場。」

「他很興奮要讓妳看看這裡。我們期待讓妳來這裡，期待了好久。過了這麼久，我們都開始認為他永遠不會帶妳回家了。」

「是啊，」我就只能想到這樣講。「我知道。」過了這麼久**是多久**？

傑克的爸爸回頭查看了一下，然後往我這裡踏近一步。他近到讓我伸手就碰得到了。「她沒瘋，妳知道的。妳應該知道這點。我對今晚很抱歉。」

「什麼？」

「我指的是我太太。我知道這看起來肯定像什麼樣。我知道妳在想什麼。我很抱歉。妳認為她發瘋了，或者有心理疾病。她沒有。那只是聽力問題。她一直有某種壓力。」

我又不確定要怎麼反應了。「我其實沒那麼想，」我說。說實話，我不確定我怎麼想。

「她的心智還是非常敏銳。我知道她提到聽見種種聲音，不過事情不像聽起來那麼戲劇化。只是小聲的悄悄話，還有含糊的嘟噥，妳懂吧。她在跟它們……討論。跟那些悄悄話。有時候就只是呼吸聲。這無傷大雅。」

「那樣一定還是很難熬，」我說。

「如果她的聽力惡化了，他們考慮植入人工耳蝸。」

「我無法想像那是什麼感覺。」

「還有那些微笑。我知道那看起來有點古怪，不過那就只是她會有的一種反應。過去這會讓我很不快，但現在我習慣了。可憐蟲。她這麼常微笑，臉都開始痛了。不過妳就是會習慣這些事。」

「我沒注意到，或者說沒這麼常注意到。」

「妳一直對他很好。」他轉向門。「你們倆很登對。妳不需要我來告訴妳這點。某些事情，就像數學跟音樂，彼此配合得很好，不是嗎？」

我微笑點頭。又是微笑。我不知道還有什麼別的做法。「能認識傑克，現在又認識你跟他媽媽，這是很棒的事。」

「我們全都喜歡妳。尤其是小傑。這樣很合理。他需要妳。」

我保持微笑。我似乎沒法停下來。

我準備好離開了。我想離開這裡。我穿上了我的外套。傑克已經在外面，在暖車。我在等他媽媽。我必須說再見，不過她已經回到廚房去了，去替我們湊出一盤剩菜。我不想要，但我怎麼能說不？我獨自站在這裡，我在等候。我玩弄著我外套上的拉鍊。拉上又拉下，拉上又拉下。我本來可能在暖車。他本來可能在這裡等。

她從廚房裡冒出來。「我把每樣東西都放了一點包在一起，」她說：「也有些蛋糕。」她交給我單單一盤食物，上面蓋著錫箔紙。「想辦法保持平放，要不然妳手上就會一團亂。」

「好，我會的。再度感謝這個美好的晚上。」

「這一晚很美好，不是嗎？你們確定不在這裡過夜嗎？我們很樂意讓你們留下來。我們有房間給你們住。」

她幾乎在懇求了。她現在離我夠近了，讓我可以看到她臉上更多的線條與皺紋。她看起來更老了。疲憊，憔悴。我不會想要這樣記得她。

「我們很想留下，但我想傑克有需要回去。」

我們站了一會，然後她靠過來給我一個擁抱。我們保持這個樣子，她緊緊擠壓著我，就好像不想放我走似的。我發現自己做了同樣的回應。今晚第一次，我聞到了她的香水。百合花。這是種我認得的香味。

「等等，我幾乎忘了，」她說：「先不要走。」

她把我從她的擁抱中放開，轉過身去，再度走回廚房。傑克的爸爸在哪？我可以聞到盤子上食物的味道。讓人沒胃口。我希望這股味道不會在開車回家的途中籠罩全車。也許我們可以把這個放到後車廂裡。

傑克的媽媽回來了。「我決定今晚要讓你們帶走這個。」

她交給我一張紙。這張紙被摺了幾次，小到可以放進口袋。

「喔，多謝，」我說：「謝謝妳。」

「當然，我現在已經忘了到底有多久，不過我已經進行好一段時間了。」

我開始展開這張紙。她舉起她的手。「不，不。別在這裡打開！妳還沒準備好！」

「抱歉，妳說什麼？」

「這是個驚喜。給妳的驚喜。等妳抵達以後打開。」

「等我抵達哪裡的時候？」

她沒回答，只是繼續微笑。然後她說道：「這是一幅畫。」

「謝謝妳。是妳的作品之一嗎？」

「以前傑克還小的時候，他跟我會一起素描跟畫畫，一次畫好幾小時。他熱愛藝術。」

他們在那陰暗潮濕的地下室裡畫畫嗎？我納悶地想。

「我們有個工作室。那裡很安靜。那本來是我們在這棟房子裡最喜歡的房間。」

「本來是？」

「現在還是。本來是。喔，我不知道，妳必須去問傑克。」

她眼中淚光瑩瑩，我很擔心她就要直接哭出來了。

「多謝妳這份禮物，」我說：「妳真是好心。我很確定，我們倆都會很欣賞這幅畫。多謝。」

「這是給妳的。只為妳而作。這是幅肖像畫，」她說：「畫的是傑克。」

我們還沒真正談論過這一夜。我們還沒討論過他的父母。我以為這會是我們回到車上以後做的第一件事，重新討論這一晚。我想要問起他媽媽，還有那間地下室，告訴他我跟他爸在傑克臥房裡的對話，他媽媽擁抱我的方式，還有她給我的禮物。有好多我想問的事情。但現在我們已經在這輛車裡待上一陣了。多久？我不確定。而現在我失去那股勁了。我開始累了。我應該乾脆等到明天，等我更有精力的時候再談這件事嗎？

我很高興我們沒留下過夜。我如釋重負。傑克跟我本來要分享那張小小的單人床嗎？我不是不喜歡他父母。就只是這樣很詭異，而且我累了，今晚我想待在自己床上。我想要獨處。

我無法想像一早起來的頭一件事，就是跟他父母閒聊。這樣太難忍受了。屋子也很冷，又很暗。我們剛進去的時候覺得很溫暖，但我們在那裡待得越久，我越是注意到陣陣漏進來的風。我會睡不好的。

「淚滴符合空氣動力學，」傑克說：「所有車子都應該做成像淚滴的形狀。」

「什麼？」這句話憑空冒出來，而我還在想這一晚、想發生過的一切事情。傑克大半個晚上都很安靜。我還是不知道為什麼。每個人在家人身邊都會有點焦慮，而這是我第一次見到他的家人。但還是一樣。他肯定話比較少，比較心不在焉。

我需要睡眠。要補齊兩或三個晚上、沒人打斷的漫長睡眠。沒有轉個不停的念頭，沒有惡夢，沒有電話，沒有干擾，沒有夢魘。我已經好幾星期睡不好了。也許還更久。

「看到這裡有些車還是設計、包裝成省油車，還真是有趣。看看這一輛形狀有多方正。」傑克朝我右邊的窗外一指，但在黑暗中很難看到任何東西。

「我不討厭獨特性，」我說。「就算是非常獨特的東西。我喜歡不一樣的東西。」

「從定義上來說，沒有任何事物可以**非常**獨特。它要不就是獨一無二，要不然就不是。」

「是啊，是啊，我知道。」我太累了，應付不了這場討論。

「而車子不該是獨特的。那個司機可能一面抱怨著全球暖化跟氣候變遷，一面卻還是想要一輛『獨特』的車。每輛車都應該是淚滴形。那樣才能證明我們是認真要省油。」

他開始發一場傑克式的牢騷了。我其實不在乎省油，不論是現在、甚或狀況最好的時候都不在乎。我就只想談論剛才在他父母家裡發生的事，還有回家，這樣我才能睡上一會。

「你書架上那張照片裡的那個女孩是誰？」

「什麼照片？什麼女孩？」

「站在一片田野中、或者在田野邊緣的金髮女孩。你房間裡的那個。」

「史黛芙，我猜是吧。妳為什麼問？」

「只是好奇。她很漂亮。」

「她是有吸引力。我從來不真的覺得她漂亮什麼的。」

她非常漂亮。「你跟她約會過，或者她只是個朋友？」

「曾經是朋友。我們約會過一陣。就在高中畢業之後，約會了一小段時間。」

「她也唸生化學嗎？」

「不，音樂。她是音樂家。」

「哪種音樂家？」

「她會彈奏很多種樂器。她在教音樂。有些老歌就是她第一個介紹給我認識的。妳知道，就是經典、鄉村音樂，桃莉．巴頓，那一類的。那些歌裡有故事。」

「你有跟她交往過嗎？」

「其實沒有。我們在一起行不通。」

他沒有看著我，而是直直面對馬路。他在咬指甲。如果這是一段不同的關係、出現在不同的時機，也許我會繼續問他。多嘮叨他一陣。堅持要問。但我知道我們現在朝著什麼方向去，所以追問沒有意義。

「背景裡的那個男人是誰？」

「什麼？」

「在背景裡，在她後面，有個男人躺在地上。他在看她。那人不是你。」

「我不知道。我得再看一次那張照片。」

「你一定認識我講的那個人。」

「我很長久沒看過那些照片了。」

「只有那張照片裡面有她。而且這很怪，因為那個男人……」我說不出口。我為何說不出口？

一分鐘過去了。我想他會讓這件事無聲無息消失，會忽略我的問題，但接著他說話了：「那可能是我哥。我想我記得他出現在其中一張照片裡。」

什麼？傑克有哥哥？怎麼以前都沒提過這件事？

「我不知道你有兄弟。」

「我以為妳知道。」

「不！這真瘋狂。我怎麼會不知道這件事呢？」

我是開玩笑地這樣說。但傑克現在處於嚴肅模式，我可能不該開玩笑。

「你們兩個親近嗎？」

「我不會那麼說。」

「為何不親？」

「家務事。這很複雜。他很像我媽。」

「那你不像嗎？」

有一秒鐘他對我怒目相向，然後又回去看路。這裡只有我們。現在很晚了。從那輛方方正正的車經過以後，我們沒碰到太多車子。傑克專注於前方的東西。他沒看我就問道：「這在妳看來正常嗎？」

「什麼？」

「我家。我父母。」

「你在意的是什麼樣的正常？」

「就回答問題。我想知道。」

「當然。大部分時候，是正常啊。」

我不會深入表達我真正的感覺。現在不行，既然這會是我們最後一次一起造訪農場，我就不能說。

「我沒有打算採人隱私，但好吧，你有個哥哥，那麼確切來說，他是哪一點像你媽媽？」

我不確定他對這個問題會有什麼反應。我想他正設法改變話題，不談他哥哥。但我認為現在是發問的最佳時機。這是唯一的時機。

傑克用一隻手揉著額頭，另一隻手放在方向盤上。

「幾年前，我哥出現一些問題，我們當時不認為那有什麼嚴重的。他總是極端孤僻，無法跟其他人融洽相處。我們以為他是有憂鬱症。然後他開始到處跟著我。他沒有做任何危險的事，但這樣跟蹤很怪。我要他住手，但他沒有。沒有多少手段可用。在某種程度上我必須把他從我的生活中排除。這不是說他無法照顧自己。他可以。我不相信他有嚴重的心理疾病，病情並不危險。我想他可以康復。我相信他是個天才，而且他深深感到不快樂。孤單一個人那麼久，是很難受的，身邊什麼人都沒有。一個人可以過那樣的生活一陣子，不過……我哥變得非常悲傷、非常孤獨。他需要一些東西，向我要求一些我愛莫能助的東西。我們已經不再對他大驚小怪了。但當然，這改變了我們家的家庭氣氛。」

這是大事。就在過去三十秒裡，我感覺現在好像比較理解他父母，也比較了解傑克了。我掌握到了某樣東西，而我不打算放過。對於我、對於我們、對於我一直在想的問題，這件事可能有影響。「你說他到處跟著你是什麼意思？」

「這不重要。他再也不會出現在我身邊了。現在結束了。」

「但我很有興趣。」

傑克打開收音機，只開了一點點聲音，但考慮到我們正在談話，這種行為很惱人。

「我哥哥本來朝著成為正教授的目標邁進，但他無法應付周遭環境。他必須放棄他的工作。工作本身他可以勝任，但其他一切、任何要和同事互動的事情，對他來說負擔都太大了。每一天的開始，他想到要跟人互動，就會引起一波焦慮。奇怪的部分是，他喜歡他們。他只是無法應付跟他們談話。你知道，像正常人那樣。閒聊之類的。」

我注意到傑克在講話時開始加快車速了。我想他沒有發現我們開得多快。

「他需要賺錢謀生，得找份新工作，在一個他不必做簡報、可以跟牆壁融為一體的地方。大約那時候，他去了一個糟糕的地方工作，而且他開始到處跟著我，跟我說話，對我下命令、提出最後通牒，就像我腦袋裡的聲音，永遠都在那裡。他一直打擾我的生活，像在搞某種破壞活動。做些很詭異的事情。」

「怎麼說？」

我們的車速還在加快。

「他開始穿我的衣服。」

「穿你的衣服？」

「就像我說的，他有些問題，**以前**有些問題。我不認為那是永久性的。他現在比較好了，整體都好多了。」

「你們親近嗎？在他生病以前？」

「我們從來都不太親近。但我們合得來。我們兩個都很聰明，又愛競爭，所以彼此之間有一種羈絆。我不知道。我從沒看出會這樣——我的意思是他的病。他就是在某種程度上失去控制了。這種事有可能發生。但這種事會讓妳懷疑妳對人的認識。他是我哥。但我不知道我是否曾經真的認識他。」

「一定很辛苦。對大家來說都是。」

「是啊。」

傑克似乎沒有在加速，但我們還是開得太快了。這樣並不好。而且現在很暗。

「所以你爸說你媽一直有壓力的時候，指的就是這個嗎？」

「他什麼時候跟妳說的？為什麼他這樣跟妳說？」

他再度用更重的力道踩油門。這次我聽到引擎加速的聲音了。

「他看到我在你房間裡。他進來跟我說話。他提到你媽的狀況。沒有講細節，不過……傑克，我們現在車速多快？」

「他有提到拔毛癖嗎？」

「什麼？」

「說她怎麼樣拔掉她的頭髮。我哥也有這個毛病。她對這件事很焦慮。她拔掉了大半的眉毛跟眼睫毛。她已經開始往頭上動手了。今天晚上我看到她頭上有些區塊的頭髮比較稀疏。」

「那真可怕。」

「我媽精神很脆弱。她會沒事的。我本來沒發現她的狀況已經惡化成這樣。我要是知道今天晚上會這麼緊繃，就不會邀妳來了。不知道為什麼，在我的想像中，事情不會變成那樣。但我本來是想讓妳看看我的出身地。」

這是從我們抵達那棟房子以後的第一次，這一整晚的第一次，我感覺有更親近傑克一點點。他正在讓我了解某件事。我很欣賞他的誠實。這些事情，他一點都不需要告訴我。這不是容易去談、去想的事情。這就是那種把一切都變得很複雜的感覺。也許對於他，對於我們，對於結束一切，我還沒下定決心。

「家家有本難念的經。每家人都是。」

「多謝妳來，」他說。「真的。」

我感覺到一隻手放在我手上。

——我們幾乎把跟他共事過的每個人都找來談過了，可以拼湊出個大概。他出現了一些生理問題。一些毛病。每個人都注意到了。他手臂跟脖子上起了疹子，他的前額會冒汗。有人在幾週前看到他在他坐在辦公桌前，處於某種暈眩狀態，就只是看著牆壁。

——聽起來全都讓人心生警覺。

——我知道現在聽起來是這樣。但在當時的脈絡下，這看起來是私事，像是他自己的健康問題。沒有人想管閒事。有過幾起事件。過去一年左右，他在休息時間把音樂放得很大聲。要是有人要求他調低音量，他就忽略他們，把那首歌從頭開始再放一遍。

——沒有人想過要提出正式申訴嗎？

——為了放音樂的緣故？這看起來不像是什麼大事。

——我猜不像。

——我們訪談過的兩個人提到他有一些筆記本。他寫了很多東西。不過從沒有人問過他在寫什麼。

——沒有，我想是沒有。

——我們找到了那些筆記本。

——裡面有什麼？

——他的文章。

——他有非常整潔、精確的字跡。

——但內容如何呢？

——什麼的內容？

——筆記本。重要的不就是這個嗎？他寫的東西？內容？裡面可能有什麼樣的意義？

——對。唔，我們還沒讀那些文章。

「妳想停下來吃點甜的嗎？」

就對話這方面來說，我們算是談得頗順利，但我沒再發問了。我還沒再度提起傑克的家庭。我不該纏著他問。也許尊重隱私是好的。不過我還在想他說過的話。我覺得好像我開始真的了解他了，能體會他經歷過的事情。能夠同情。

我也還沒再提起我的頭痛，從我們上車之後就沒提。也許葡萄酒讓狀況惡化了，還有老房子裡的空氣。我的整個頭都在痠痛。我抱著頭，緊繃著脖子還微微向前傾，用這種方式好讓壓力稍微減輕，就只是稍微而已。任何動作、顛簸或抽動都令我不舒服。

「當然了，我們可以停車，」我說。

「但妳想嗎？」

「我沒差，但如果你想要的話我很樂意。」

「妳跟妳不算回答的回答。」

「什麼？」

「唯一開到這麼晚的店是『冰雪皇后』。不過他們肯定有賣些不含乳製品的東西。」所以他確實記得。記得我的乳糖不耐症。

車子外面很暗。我們在回家路上的談話比去程少。兩個人都累了，我猜是這樣，我們在靜靜自省。很難分辨是不是在下雪。我想是有，不過下得不大，目前還不大。才剛開始下。我笑了，自己暗笑的成分比較多，同時望向窗外。

「怎麼？」他問道。

「這相當有趣。我在你父母家不能吃甜點，因為裡面含有乳製品，而我們在冰雪皇后[3]停下來找點東西吃。而現在正是隆冬。外面冷得不得了；現在在下雪，我想是吧。這沒什麼問題；只是很有趣。」我想也是因為別的事情，不過決定什麼都不要說。

「我幾百萬年沒吃思科巧克力糖冰炫風了。我想我要吃那個，」他說。思科巧克力糖冰炫風。我就知道。真容易預測。

我們停車。停車場是空的。一角有個公共電話亭，另一角有個金屬垃圾桶。現在看不到多少公共電話亭了，大多數都拆除了。

「我還是頭痛，」我說。「我想我是累了。」

3 發跡於美國的連鎖餐廳「冰雪皇后」原名為Dairy Queen，直譯的意思是「乳品皇后」。

「我還以為妳比較好了。」

「其實沒有。」我的頭又更痛了。差不多就快要變成偏頭痛了。

「有多糟？像偏頭痛那樣？」

「還不太糟。」

在車外，天氣冷，風又大。雪現在肯定是下得愈來愈大，更像是在空中旋轉，而不是落下，還沒有積留在地面上。等雪真的下起來了就會。但願到時候我就在床上了，還有止痛藥可吃。如果我的頭痛明天好了，我就會用早上的時間來鏟雪。冷冷的氣溫讓我的頭感覺很舒服。

「有種大風暴要來的感覺，」傑克說。「風冷冰冰的。」

我往燈光明亮的冰雪皇后店裡看，覺得噁心想吐。店裡當然空蕩蕩的。你一定會納悶今晚它為何竟然還開門。我注意到門上的營業時間，然後計算出他們會在八分鐘內打烊。我們進門時沒有門鈴響，或者預期中從天花板放出來的罐頭音樂。空桌子很乾淨，沒有揉成一球的餐巾紙、空杯子或碎屑。這家店已經準備要休息了。從機器與冰箱裡嗡嗡傳出的金屬悶響，創造出一種累積混合的噪音，讓我想起電話的撥號音。這裡也有種香氣，聞起來幾乎是化學性的。我們等待著，抬頭看著發亮的菜單。

他在讀菜單。我可以從他的眼睛裡、從他碰觸下巴的方式裡看出來。「我確定他們會有些不含乳製品的東西，」他又說了一次。

傑克手中已經拿著一只長長的紅色塑膠湯匙，他從一個盒子裡抓來的。這樣有點惱人，他替自己拿了根湯匙，但我們甚至不知道這裡有沒有我能吃的東西。我們眼前還有相當長的一段車程。如果風暴加劇，車程就會更長。也許我們本來應該在農莊過夜。但我就是覺得不太自在。我不知道。傑克打了哈欠。

「你還好嗎，還是你要我把剩下的回程路開完？」我問道。

「不用不用，我很好。我比妳喝得少。」

「我們喝得一樣多。」

「但那對妳影響比較大。在主觀感覺跟其他層面上都是。」他又打了個哈欠，嘴張得更開，這次他伸手掩嘴了。「是啊，妳看看，他們有不同口味的檸檬水。而且是冰的、不含乳製品的檸檬水，」他說道。「妳會喜歡的。」

「喜歡。當然了，」我說：「我會點一杯。」

兩名店員已經從後面的一個房間冒出來了。她們看起來並不高興被我們打擾。

兩人都是樣貌年輕的青少年，她們身形不同、體態不同，但在所有其他方面都一模一樣。她們有同樣染過的頭髮，同樣的黑色緊身褲，同樣的棕色靴子。兩個人都極其明顯地表現出她們一點也不想待在這裡，我不怪她們。

「我們要一杯小的檸檬水。啊，真要說，就點兩杯檸檬水吧。你們的中杯多大？」傑克問道。

其中一個女孩抓了一個看起來很大的紙杯，然後舉起來。「中杯，」她說道，語氣平板。另一個女孩轉向一邊，咯咯發笑。

「那好，」他說。「一杯小杯，一杯中杯。」

「麻煩小杯做草莓檸檬水，不只是普通檸檬水，」我對女孩說道：「裡面不含乳製品，對吧？」

那女孩問另一個女孩：「檸檬水沒有加冰淇淋吧，有嗎？」她還在咯咯發笑，很難回答。現在第一個女孩也跟著笑了。她們交換了一瞥。

「過敏狀況多嚴？」第二個女孩問。

「不會害死我。我只是會覺得不舒服。」

她們表現得幾乎像是本來就認識我們，而且為此感到十分古怪，如果她們父母的某個朋友進來、或者她們的一位老師出乎意料地出現，而她們必須服務這些人，她們的反應就會是那樣。我注視著傑克。他看似不以為意。第一個女孩注視著他，然後對第二個女孩悄悄說了些什麼。她們兩個再度笑出來。

現在有第三個女孩了。她從後面出來。她肯定一直在聽，因為她一語不發地開始做我的檸檬水。其他女孩也沒有對她說任何話，或者打個招呼來肯認她的存在。

第三個女孩從機器那裡抬頭看。「抱歉，有點味道，」她說：「後面有人在上亮光漆。」

上亮光漆？在冰雪皇后？「沒關係，」我說。

這是種突如其來的感覺，卻準確無誤。我認識這個女孩。我認得她，卻根本不知道是在哪裡、或者什麼時候認識的。她的臉、她的頭髮、她的體型。我認得她。

她沒說任何其他的話。她就只是開始做檸檬水。或者她是在準備杯子，總之就是這樣。她按了些按鈕，轉動了某些旋鈕。她站在機器前面，彷彿她是在店鋪裡排隊等候的客人。在機器運作的同時，這女孩任由自己的手握著下方的其中一個空杯子，等著機器排出液體。

我以前從沒遇過這種事，覺得自己認識一個徹底的陌生人。我完全無法告訴傑克。這聽起來太怪異了，真的是很怪異。

這個女孩瘦骨嶙峋、弱不禁風，感覺有點不對勁。我替她感到難過。她的黑髮長而直，垂在她背後，也蓋著她大半張臉。她的手很小。她沒戴任何首飾，沒有項鍊或耳環。她看起來脆弱又焦慮。她長了一片疹子，很嚴重的疹子。

她手腕上方一吋左右的地方有一點一點的突起，正好大到讓我可以看得見。在她手肘上方，那些突起物更嚴重、更加泛紅。我認真地看著她的疹子，看起來又痛又癢，十分乾燥，脫著皮屑。她一定抓過。在我抬頭看的時候，她正注視著我，直直盯著看。我感覺到自己漲紅了臉，我別開目光去看地板。

傑克完全沒在注意。不過我感覺到她仍然在看我。我聽見其中一個女孩在竊笑。皮包骨的那個蓋上了杯子，然後把飲料杯放到櫃台上。她的手往上移，她的手指開始搔抓疹子。不是很用力。我不想繼續盯著看。她有點在摳那些突起的疹子，幾乎是試圖把疹子從手臂上挖出來。現在她的手在顫抖。

機器繼續轉動著。當然，沒有一個女孩會想待在這裡，待在這間冰雪皇后門市，有冰箱、冷凍庫、日光燈、金屬設備跟紅色湯匙，有包在塑膠袋裡的吸管，有自動取杯架，頭上還有小而持續的嗡嗡聲。

如果你有兩個愛找你碴的同事，那就更難熬了。那個皮包骨女孩看起來心煩意亂，就是因為這樣嗎？

不只是這間冰雪皇后——是這個地方，這座城鎮，如果這裡算是一座城鎮。我不太清楚是什麼讓一座城鎮算是城鎮，或者什麼時候城鎮會變成城市。也許這裡不是城鎮也不是城市。這裡感覺失落而脫節，隱遁在世界之外。如果我不能離開，如果沒有別的地方可去，我就會在這裡發霉腐爛。

在銀色機器內部的某處，冰塊被壓碎，然後跟濃縮檸檬汁還有一大堆糖漿混在一起。這杯飲料不含乳製品，但會是甜的，我很確定。

冰檸檬水從機器裡流向第二個杯子。在杯子裝滿的時候，機器停下來，女孩也在杯上蓋了塑膠蓋。她把兩杯飲料拿到我站的地方來。從近處看，她的樣子更糟了。問題在於她的眼睛。

「多謝，」我說著伸手拿檸檬水。我並不期待聽到回答，所以在她說話時我嚇著了。

「我很擔心，」她嘟噥道，比較像是自言自語而不是對我說。我環顧四周，看看其他女孩是否聽到她說話。她們沒在注意。傑克也沒有。

「不好意思？」

她正低頭看著地板。她的雙手在身體前方交握住。

「我不該說這個的，我知道我不該說。我知道發生了什麼事。我很怕。我知道。這樣不好。這樣很糟。」

「妳還好嗎？」

「妳不必走。」

我可以感覺到我的脈搏往前多跳了一拍。傑克正在拿吸管，也從餐巾紙容器裡拿了餐巾紙。到頭來我們並不需要湯匙。

其中一個女孩笑了，這次比較大聲。我前方這個皮包骨的女孩仍然看著下方，頭髮蓋住了她的臉。

「妳在害怕什麼？」

「問題不是我在怕什麼。問題是我為誰感到害怕。」

「妳為誰感到害怕？」

她拿起那兩個杯子。「為妳，」她說著，把杯子交給我，然後回頭消失在廚房裡。

傑克一如往常地心不在焉。我們回到車裡，而他對冰雪皇后店裡的女孩們沒提半句話。他偶爾會對周遭不知不覺，非常沉迷於自己的世界。

「你有看到那個女孩嗎？」

「哪一個？」

「做檸檬水的那個？」

「那裡有好幾個女孩。」

「不，做飲料的只有一個女孩。瘦巴巴的，留長髮。」

「我不知道，」他說：「我不知道。她們不是全都瘦巴巴的嗎？」

我想多說一些。我想描述那個女孩跟她的紅疹還有她哀傷的眼睛，我想把她說的話告訴他。我希望她有人可以談談。我想要了解她為何害怕。她為我感到害怕是不合理的。

「妳的飲料如何？」傑克問道。「太甜嗎？」

「沒問題。不會太甜。」

「這就是為什麼我不喜歡買冷飲，檸檬水跟冰沙那些，因為都很甜膩。我應該叫一杯冰炫風的。」

「如果想吃冰淇淋的時候就能吃到，一定是很棒的事。」

「妳知道我在說什麼。」

我搖一搖我手中的杯子，然後上上下下地推著吸管，摩擦製造出一種尖銳的吱吱響聲。「這也很酸，」我說：「假假的酸，不過還是酸，把甜味抵消掉了。」

傑克的飲料正在杯架上融化，很快就會完全變成液態了。他已經喝了大約一半。

「我總是忘記這些飲料多難喝完。我只需要小杯的。中杯根本一點都不中。」

我往前靠，調高了暖氣。

「冷嗎？」傑克問道。

「是啊，有點冷。可能是因為喝了檸檬水。」

「而且我們正待在暴風雪裡。到底去買飲料是誰的主意啊？」

他注視著我，揚起眉毛。

「我不知道我在想什麼，」他說：「我喝了四口以後就討厭死這東西了。」

「我不會說什麼的，」我說著舉起雙手。「一字不提。」

我們兩個都笑出來了。

這可能會是我最後一次跟傑克同車。在他像這樣開玩笑、幾乎算是快樂的時候，這麼做似乎很可惜。也許我不該結束一切。也許我不該再思考這件事，就只是享受他。享受我們。享受逐漸認識某個人。為什麼我把這麼大的壓力擺在我們身上？也許我到最後會墜入愛河，不再有任何恐懼。也許一切卻會漸入佳境。也許那是有可能的。也許成功就是這樣隨著時間跟努力而來。但如果你不能告訴對方你在想什麼，這又有何意義？

我想這是個壞徵兆。要是他現在正在想的事情跟我一樣呢？要是他才想要結束一切，卻同時也還在享受樂趣、或者還沒有完全厭倦我，所以把我留在身邊，就只為了看看事情會如何發展呢。如果他腦袋裡就是在這樣想，我會很不高興。

我應該結束這一切。我必須如此。

每次聽到「不是你有錯，是我有錯」這種老套，我很難不笑出來。但在這個例子裡，這確實是真的。傑克就只是傑克。他是個好人。他聰明又英俊，自成一格的那種。如果他是個混蛋、或者很笨、或者很惡毒、或者很醜、或者隨便怎樣，那我結束一切就會是他的錯，某種程度上是。不過他沒有前述任何一個缺點。他是一個人。我就是不認為我們兩個相配。就是少了某種成分，如果要老實說，就是一直都少了些什麼。

所以我可能會這樣說：不是你有錯，是我有錯。是我的問題。我才是有問題的人。我讓你處在一個不公平的位置。你是個好人。我需要處理某些問題。你需要繼續過日子。我們試過了，我們真的試過。而你永遠不知道未來會發生什麼。

「看來妳好像喝夠了，」傑克說。

我領悟到我把我的檸檬水放到杯架上了。它在融化。我喝夠了。夠了。

「我很冷。看著東西融化然後自己覺得冷，這還真有意思。」

「這次停車有點浪費時間，」他注視著我。「抱歉。」

「至少我可以說，我在暴風雪裡去過一家荒郊野外的冰雪皇后。那是我永遠不會再做的事情。」

「我們應該丟了杯子。飲料會融化，杯架會黏黏的。」

「是啊，」我說道。

「我想我知道我們可以去哪裡。」

「你的意思是去哪裡把杯子丟掉？」

「如果我們繼續走，往前走，左邊會有條路。那條路過去一點有間學校，是一間中學。我們把杯子丟在那裡。」

丟掉杯子真有這麼重要嗎？為什麼我們要專程停下來做這件事？

「並不遠，是吧？」我問道。「這場雪不會變小的。我真的想回家。」

「不太遠，我認為不遠。我只是不想把這些杯子丟到窗外。這樣可以讓妳有機會稍微多看一下這一帶。」

我不確定他說多「看一下」這一區是不是在開玩笑。我望著窗外。就只是飛揚的雪與黑暗的混合。

「妳知道我的意思，」他說。

沿著那條路又多走了好幾分鐘，我們來到了左轉彎處。傑克左轉了。如果我認為原來那條路是一條偏僻小徑，那這條就重新定義了偏僻小徑的概念。路的寬度不足以容納兩輛車。這裡樹木濃密，是座森林。

「在前面那邊，」傑克說：「我現在記得這一點了。」

「不過你不是上這間學校，對吧？這裡離你家很遠。」

「我從來不是這裡的學生。不過我以前開到這裡來過。」

這條路很窄，又蜿蜒曲折。我只能看到車頭燈照得到的範圍。樹木已經被田野所取代。能見度仍舊趨近於零。我把我的手背放到我這邊的窗戶上。玻璃很冷。

「確切來說，是沿這條路走多遠？」

「我不認為還要走很遠。我不記得。」

我納悶地想，我們為什麼在做這件事。為什麼我們不就乾脆讓飲料融化？我寧願回家去好好洗個澡，不想花不知道要多久的時間開車深入這片田野。沒有一件事情合理。我想要做個了結。

「我猜這裡白天的時候很不錯，」我說：「很平靜。」設法往好處想。

「是啊，肯定是很偏遠。」

「這條路如何？」

「髒兮兮的，很滑；我在減低速度。這裡還沒耙過雪。應該不太遠了。抱歉，我還以為更近的。」

我開始焦慮了。其實不真的算是，只有一點點。這是個漫長的夜晚。開車、在農莊裡走動、跟他父母見面。他媽媽。他爸說的話。他哥哥。然後這整段時間裡我都在想要把事情做個結束。結束一切。然後現在又繞了這段路。

「看，」他說：「我就知道。在那邊。我就知道。妳看到了嗎？就是那裡。」在前方幾百碼處，右邊有一棟大型建築物。除此之外我分辨不出太多東西。

終於。在此之後，也許我們就可以回家了。

到頭來他說對了，我很高興看到這所學校。這裡很大。每天來上課的學生肯定有兩千個。這是其中一間大而古老的鄉間高中。顯然我對學生群體組成為何毫無概念，但肯定人很多。而且是在這麼一條漫長又狹窄的路底。

「妳沒想到這裡看起來像這樣，對吧？」他說道。

我不確定我在期待什麼。不是這樣就對了。

「在這種荒郊野外蓋學校幹嘛？」

「會有某個地方可以丟掉這些杯子。」傑克把車速慢下來，這時我們在前方停下，然後開過去。

「那裡，」我說：「就在那裡。」

那裡有個腳踏車架，有一輛單速腳踏車鎖在上面，還有一個綠色垃圾桶擺在一排窗戶前方。

「正是如此，」他說：「好，我馬上回來。」

他用一隻手抓起兩個杯子，用拇指跟食指當成夾子。他用膝蓋頂開車門，到外面去，然後把門甩上，發出很大的咚一聲。他讓車子的引擎繼續跑。

我注視著傑克經過腳踏車架，朝垃圾桶走去。內八型步態，垮下來的肩膀，低著頭。如果現在是我第一次見到他，我會假定他駝背是因為天氣冷，還下雪。不過他就是這樣。我**知道**他的步態、他的姿勢。我認得。很大的步伐，又長又慢、顯得粗魯的大跨步。如果把他跟另外幾個人放在跑步機上，讓我看他們的腿跟腳，我可以光靠他的步態，就從警察給證人指認嫌犯的隊伍裡挑出他來。

我透過擋風玻璃看著雨刷。它們發出電動機械的磨擦聲，跟玻璃靠得太緊了。傑克正用一隻手拿著那兩個杯子。他用另一隻手抓垃圾桶蓋。他正望著垃圾桶裡面。好了，快點扔掉吧。

他就站在那裡。他在做什麼？

他回頭看車子，看我。他聳聳肩。他把蓋子放回垃圾桶上，然後往前直走，遠離車子。他要去哪裡？他在學校角落停下一會，然後繼續往右走，沿著學校邊緣消失在視線範圍外。他仍然拿著杯子。

他為什麼不把杯子丟掉？

這裡很暗。沒有路燈。我猜從我們轉到這條偏僻小路以後，就沒有路燈了。我沒有真的去注意。唯一的燈光是學校屋頂上的單盞泛光燈。傑克提過鄉下有多暗。我在農場上比較沒察覺到這點。這裡肯定很暗。

他要去哪裡？我靠向我的左邊，關掉了車頭燈。我前方的空地消失了。只有孤零零一盞燈照這整片學校操場。這麼多的黑暗，這麼多的空間。雪真的開始下得很大了。

我從沒有在晚上花這麼多時間待在任何學校外面，更別說是在這樣荒郊野外的鄉間學校了。誰會來上這所學校啊？一定是農夫的小孩。他們一定是搭巴士來的。不過周圍沒有房子。這裡什麼都沒有。一條路，樹木，還有田野跟更多田野。

我記得有一次我必須在深夜回到我念的高中去。我偶爾會在放學後一小時左右的時間內，在學校參加活動或會議。我從沒覺得那樣跟正常上課時間有太大差別。不過有一次我在晚餐後回去，那時候大家都走了，校園裡很暗。沒有老師。沒有學生。我忘記了某樣東西，不過我想不起來是什麼。

我很驚訝前門是開的。起初我先敲了敲那扇雙開門，我假定門都上鎖了。敲學校的門似乎很詭異，但無論如何我還是嘗試了。然後我抓住門把，門就打開了。我溜進門。這裡好安靜，而且空無一人，跟學校平常的樣子截然相反。我從來沒有獨自待在學校過。

我的置物櫃在學校的另外一邊，所以我必須沿著空曠的走廊走過去。我來到我的上英文課的教室。我正要直接走過去，卻在門口停下來。椅子全都擺在桌上。垃圾桶在外面的走廊上，靠近我這邊。有個管理員在裡面，正在打掃。我知道我不該在這裡，但還是逗留著。有一陣子，我注視著他。

他戴著眼鏡，頭髮亂亂的。他在掃地。他動作不快，慢慢地來。我以前從沒想過我們的教室如何一直保持整潔。我們每天進來上課、佔據教室，然後離開回家，留下一團髒亂。第二天，我們抵達，而教室是乾淨的。我們會再度弄亂。再下一天，我們所有的混亂遺跡又都不見了。我甚至沒有注意。我們沒有人注意。只有在混亂沒被清理掉的時候，我才會注意到。

管理員在一台超大聲的手提音響上播著一捲錄音帶。那不是音樂，而是一個故事，像是錄音帶有聲書。那音響調得好大聲。只有一個人聲。一個口述者。管理員正一絲不苟地工作。他沒看到我。

那些女孩，冰雪皇后店裡的那些，她們可能是這個學校的學生。對她們來說，到這裡來似乎是一段漫漫長路。不過先前的冰雪皇后的門市所在地一定是最近的城鎮。我把車頭燈重新打開。傑克在哪裡？他在幹什麼？

我打開車門。雪肯定下得更厲害了，足以讓雪花落地、融化、弄濕門的內側。我的身體往外傾，眯著眼睛望進黑暗中。

「傑克？你在幹什麼？快來吧。」

沒有回應。我讓門開著好幾秒鐘，臉迎著風，仔細聆聽。

「傑克，我們走吧！」

什麼都沒有。

我關上門。我根本不知道我在哪裡。我不認為我能在地圖上指出我的位置。我知道我不能。這個地方可能不在地圖上。而傑克離開了我。我現在孤獨一人。只有我自己。在這輛車裡。我還沒看到一輛車駛過，這倒不是說我有在注意。但顯然沒有車子走這條路過來，在晚上沒有。我記不起上次我坐在車裡、置身於不認識的地方是什麼時候了。我靠過去按喇叭，一次，兩次。第三次，充滿攻擊性的長鳴。好幾小時以前我就應該在床上了。

荒郊野外。這裡是荒郊野外。這裡不是城市或城鎮。這裡是田野、樹林、雪、風、天空，但這裡也什麼都不是。如果冰雪皇后店裡的那些女孩看到我們在這裡，她們會怎麼想？那個手臂上長疹子的女孩。她長了紅腫的疹子。她會納悶我們為何在晚上這種時間在這裡停車，為什麼我們會在她的高中。我同情那個女孩。我會想要跟她多聊一聊。為什麼她對我說那些話？為什麼她會害怕？也許我可以幫她。也許我早該做點什麼。

我想像學校對她來說不是個好地方。可能很寂寞。我猜她不喜歡待在這裡。她很聰明又能幹，但因為種種理由比較喜歡放學而不是上學。學校應該要是個她喜歡的地方，讓她覺得受歡迎的地方。我猜並非如此。這只是我的感覺。也許我過度解讀了。

我打開置物箱。裡面是滿的。不是塞滿常見的地圖跟文件。揉成一球的面紙。是用過的嗎？或者只是揉成球了？有很多面紙團。有一個上面有點紅紅的東西。血滴？我把周圍的面紙移開。這裡面也有一枝鉛筆。一本筆記本。在筆記本下面是一些照片，還有一兩張棄置的糖果包裝紙。

「妳在幹嘛？」

他側身進入車裡，正要坐下來，臉紅通通的，他的肩膀跟頭上都有雪。

「傑克！老天爺，你嚇到我了。」我關上置物箱。「你在外面那麼久是在幹嘛？你去哪裡了？」

「我去丟紙杯。」

「來吧，」我說：「快點上車。咱們走。」

他關上他那邊的車門，然後伸手越過我去打開置物箱。他往裡面看，然後再度關上。他身上的雪正在融化。他的瀏海亂成一團，黏在前額上。因為車裡的溫暖，他的眼鏡起了霧。他相當英俊，尤其是臉頰泛紅的時候。

「為什麼你不把杯子丟進那個垃圾桶就好？你剛才就在那裡。我看到你了。」

「那不是垃圾桶。妳在置物箱裡找什麼東西？」

「沒什麼。我沒在找。我是在等你。你說那不是垃圾桶是什麼意思？」

「裡面放滿了要灑在路上的鹽。在路面結冰時用的。我猜後面可能有個大垃圾箱，」他說著脫下他的眼鏡。他試了幾次才在他外套底下找到讓他滿意的襯衫一角，替他的眼鏡擦乾除霧。我以前看過他這麼做，用他的襯衫擦乾眼鏡。

「然後那裡是有。大垃圾箱。不過我又走遠了一點點。後面那裡有一大片田野。它看起來就好像會永無止盡延續下去。我看不到田野後面的任何東西。」

「我不喜歡這裡，」我說。「我剛才根本不知道你在幹什麼。你一定凍壞了。不管怎麼說，為什麼在這荒郊野外會有這麼大一間學校，周圍又沒有房子？如果你要建學校，你需要有房子、有人還有小孩。」

「這學校很老了。它從開天闢地就在這裡了。這就是為什麼這裡看起來狀況不佳。方圓四十哩內的每個農家小孩都來這裡上學。」

「或者說以前如此。」

「妳是什麼意思？」

「我們不知道這裡是不是還開著，對嗎？也許這學校關閉了，而且還沒拆除。你剛才說這裡狀況很差。我不知道。這裡感覺空空蕩蕩的。空無一物。」

「可能只是因為放假而關閉。是有可能的。學校已經開學了嗎？」

「我不知道。我只是說我有這種感覺。」

「如果學校沒在運作，他們為什麼要在桶子裡放鋪路鹽？」

這是真的。我無法解釋這點。

「這裡非常潮濕，」傑克說道。現在他用他的襯衫下擺擦乾他的臉，一隻手還拿著他的眼鏡。「後面那裡有輛卡車。所以，說來悲哀，妳說這學校已經廢棄、毫無人煙的理論是一派胡言。」

他是我認識唯一一個會在對話裡用**說來悲哀**這個講法的人，就像他剛才那樣。還會說一**派胡言**。

「哪裡的後面？」

「學校後面。我找到大垃圾箱的地方。那裡有輛黑色卡車。」

「真的？」

「是啊，一輛生鏽的老舊黑色貨卡車。」

「也許它是被人扔掉的。如果那是一輛爛車，在一間遠在荒郊野外的老舊破爛學校後面會是扔掉它的理想地點。也許是最好的地點。」

傑克注視著我。他在思考。我以前見過這種表情。看到他那些我認得、我喜歡、吸引了我的小動作，讓人心生愛憐又覺得安心。這讓我很高興他在這裡。他把他的眼鏡戴回去。

「排氣管在滴水。」

「所以呢？」

「所以，有人開過卡車。排氣管凝結的水表示引擎最近運作過。它不只是停放在那裡。我想雪地裡也有輪胎痕跡，或許有。不過排氣管肯定在滴水。」

我不確定要說什麼。我失去興趣了。速度很快。「那到底是什麼意思，一輛卡車？」

「**意思是**有人在這裡，」他說：「像是工人之類的，也許吧，我不知道，諸如此類。有人在學校裡，就這樣。」

我等了一會才說話。傑克很緊繃，我看得出來。我不知道為什麼。

「不，這有可能是任何事。可能是——」

「不，」他厲聲說道。「事情就是這樣。有人在這裡。某個如果不必來這裡就不會在這裡的人。如果他可以在別的地方，在任何其他地方，他就會在那裡。」

「好吧，我只是說說。我不知道。也許有個停車場，有輛車被留在那裡。或者諸如此類的事。」

「他一個人在那裡，在工作。一個工友。在所有那些孩子背後收拾殘局。那就是他在所有人睡覺的時候，整夜做的事情。堵塞的廁所。垃圾袋。浪費掉的食物。青春期男生在廁所地板上撒尿取樂。想想看。」

我撇開視線不看傑克，去看我這側窗外的學校。讓這麼大的建築物保持乾淨一定很難。所有學生在那裡度過一天以後，一定滿目瘡痍。尤其是廁所跟自助餐廳。然後只由一個人來清理這整個地方？在僅僅幾小時之內？「無論如何，誰在乎啊，咱們就走吧。我們現在已經弄到很晚了。你明天必須工作。」

還有我的頭。它又開始陣陣抽痛了。從我們離開冰雪皇后以後的第一次，傑克把鑰匙從點火系統上拿下來，放進口袋裡。我忘記我們還在怠速狀態。有時候你不會注意到聲音的存在，直到它消失才察覺。「為什麼突然之間這麼急？現在甚至還不到午夜。」

「什麼？」

「現在沒那麼晚。而且還在下雪。我們已經在這裡了。這裡某種程度上說很好、很隱密。咱們就等上一會吧。」

我不想吵架。不在此時，不在此地。不要在我對傑克、對我們已經做了決定的時候。我再度轉向別處，望向我這邊的窗外。我怎麼會到頭來陷入這個處境？我大聲笑出來。

「什麼？」他問道。

「沒什麼，就只是……」

「只是怎樣？」

「真的，沒什麼。我是在想工作上發生的某件趣事。」

他注視著我，就好像他無法相信我竟然能說出這麼明顯的謊話。

「妳對農場有什麼想法？對我父母呢？」

現在他問我了？在過了這麼久以後？我猶豫了。「看到你小時候住的地方很有趣。我告訴過你了。」

「妳本來有想到會像那樣嗎？那裡是妳想像的樣子嗎？」

「我不知道我本來怎麼想。我從來沒有在鄉下或是農場裡長期住過。我對於那些地方是什麼樣子其實沒有概念。這跟我想的差不多，我猜是，當然了。」

「那裡讓妳驚訝嗎？」

我在我座位上挪動，轉向左邊，面對傑克。奇怪的問題。跟傑克的個性不合。當然這其實不是我想像中的那個樣子。「為什麼你認為那會讓我驚訝？為什麼？」

「我只是好奇妳本來怎麼想。那看起來像是個適合小孩子長大的好地方嗎？」

「你父母親很親切。他們邀請我真是好心。我喜歡你爸的眼鏡鍊。他有種老派的吸引力。他還邀請我們留下過夜。」

「他這麼說？」

「是啊。他說他會煮咖啡。」

「在妳看來他們快樂嗎？」

「你父母？」

「是啊，我很好奇。最近我一直在納悶他們的事，納悶他們是否快樂。他們一直有壓力。我擔心他們。」

「他們看起來很好。你媽正在經歷一段辛苦的時期，不過你爸很支持。」

他們快樂嗎？我不確定。他父母看起來並不是很明顯地不快樂。有那場爭執，我無意中聽到的事情。晚餐後內容含糊的吵嘴。快樂是什麼很難說。有些事情看起來確實有點不對勁。也許這跟傑克的哥哥有關。我不知道。如同他說的，他們似乎有壓力。

一隻手觸碰著我的腿。「我很高興妳來了。」

「我也很高興，」我說。

「真的，這意義重大。我等著帶妳去看那個地方很久了。」

他靠過來親吻我的脖子。我沒預料到這個。我感覺到我的身體緊繃起來，頂住了椅子。他靠得更近了，把我拉進懷裡。他的手往上伸進我上衣裡，蓋住我的胸罩，再往下移。那隻手移到我裸露的腹部，我的側腰，我的下背部。

他的左手撫摸著我的臉，我的臉頰。他的手繞到我的頭部後方，把頭髮撥到我耳後。我的頭落下來，靠在頭墊上。他親吻我的耳垂，從我耳朵後方。

「傑克，」我說。

傑克把我的外套推到一邊，把我的上衣往上拉。在上衣擋住我們的時候，我們暫停了一下。他一口氣把上衣從我頭上脫下來，然後讓衣服落在我腳邊。他感覺起來很舒服。他的雙手、他的臉。我不該這麼做。不該在我考慮結束一切的時候這麼做。但他現在感覺起來很好。千真萬確。

他正在用親吻靠近我裸露的肩膀，我的脖子與肩膀交會之處。

也許現在要知道答案還太早了。這不重要。天啊。我只想要他繼續做他現在做的事。我想親吻他。

「史黛芙，」他悄聲說道。

我停了下來。「什麼？」

他呻吟著，親吻我的脖子。

「你剛剛說什麼？」

「沒什麼。」

他叫我史黛芙嗎？他這麼說嗎？在他開始親吻我胸口的時候，我把頭往後靠。我閉上眼睛。

「見鬼了！」他說。

傑克身體一緊，縮了回去，然後再度朝我靠過來，遮擋著我。我全身打了個冷顫。他用他的手抹著窗戶，把某些凝結水氣清掉。

「見鬼了！」他又說了一次，更加大聲。

「什麼？」我現在伸手去拿我在地板上的上衣了。「哪不對了？」

「該死，」他這麼說，同時仍然靠過來擋著我。「就像我說的，學校裡有人。坐起來。動作快。把衣服穿上。快一點。」

「什麼？」

「我不想嚇到妳。就坐起來。他看得到我們。他剛才就在看。」

「傑克？你在說什麼？」

「他正盯著我們看。」

我感覺心神不寧，胃裡彷彿有個坑。

「我找不到我的上衣。它在地板上的某個地方。」

「在我抬頭看的時候，看到妳肩膀後面。我看到某個人。那是個男人。」

「一個男人？」

「一個男人。他站在窗戶那裡，而且他沒有在動或者做任何別的事，就只是瞪著看，直接看著車子、看著我們。他看得到我們。」

「傑克，這讓我發毛。我不喜歡這種事。他為什麼要看著我們？」

「我不知道，但這樣不對。」

傑克很慌亂，很不悅。

「你確定有別人在那裡？我看不到任何人。」

我從我座位上轉向學校。我在試著要保持冷靜。我不想讓他更生氣。我看到他說的窗戶了。不過那裡沒有人。什麼都沒有。如果曾經有人在那裡，他們可以很輕易地看見我們。

「我很確定。我看到他了。他正在……盯著我們看。他很享受這樣注視我們。

這真病態。」

我找到我的上衣，把它從頭上套下來穿上。隨著引擎關閉，車子正在漸漸變冷。我需要把外套穿回去。

「放輕鬆；咱們就走吧。就像你說的，可能是某個無聊的老工友。他以前可能沒這麼晚在這裡看到過人。就這樣。」

「放輕鬆？不，這是他媽的狗屁。他不關心。他並沒有在擔心我們有沒有事。他不是覺得無聊。他是在盯著我們看。」

「你是什麼意思？」

「他在偷窺。這真是狗屁倒灶。」

我把兩隻手放到我臉上，閉上我的雙眼。「傑克，我不在乎。咱們走。」

「我在乎。他是個他媽的變態。他在做某件事。我確定是這樣。這傢伙有毛病。他喜歡看著我們。」

「你怎麼知道？」

「我看到他了。我懂他。或者像他那樣的男人，我的意思是這樣。他應該以自己為恥。他的手有揮一下，或者有個動作，一種揮舞似的動作。他知道。」

「冷靜點。我不認為他有在做任何事。你怎麼能確定呢？」

「我就是無法忽略。我無法。我看得見他。」

「傑克，拜託，我們可以就這樣直接離開嗎？聽我說，我在請求你。拜託。」

「我要給他好看。他不能做這種事。」

「什麼？不。放過這件事。我們走吧。我們要走了。」

我伸手過去，但傑克推開我的手，不是輕輕地推。他在搖頭。他氣瘋了，他的眼神洩露了。他的雙手在顫抖。

「在我跟他說過話以前我們哪都不去。這樣不對。」

我從沒看過傑克像這個樣子，連近似的狀況都沒看過。他把我的手推開，力道很猛烈。我需要讓他冷靜下來。

「傑克。拜託。看我一下吧，傑克？」

「我跟他談過以前我們不走。」

我難以置信地看著他打開他的車門。發生了什麼事？他在幹什麼？我伸手過去，抓住他的右臂。

「傑克？現在正在颳暴風雪！回到車裡來。放過這件事，傑克。我們走，我認真的。」

「在這裡等。」

這是一道命令，不是建議。他沒回頭看我，就把車門甩上。

「什麼？太愚蠢了，」我對著空蕩蕩的安靜車子說道：「天啊。」

我注視著他大步繞過學校側邊，直到他脫離視線範圍為止。幾乎一分鐘過去以後，我才有了動作。剛才發生什麼事了？

我很困惑。我不懂。我以為我更了解傑克了，心想我至少可以預測他的心情跟反應。這似乎完全不像他，他的聲音跟用詞。他不常罵髒話。

我根本不知道他會發脾氣。

我聽說過有人脾氣火爆、開車上路就容易發飆。傑克只是碰到了這種時刻。不管我說什麼、做什麼，都無法讓他恢復理智。他就這樣撇下一切，自己離開，他不會聽我的。

我不懂他為什麼需要跟那傢伙談、或者對他大吼大叫、或者做他打算做的任何事。為什麼不放過這件事？這傢伙看到前面有一輛車，納悶是誰在裡面。就這樣。要是我也會好奇的。

我猜我沒發覺傑克有能耐表現出這種情緒。我想，這其實是我本來想要的。他從來沒有表現出這種情緒的任何跡象。他從來沒有任何極端的表現。所以這件事才這麼反常。我應該跟他一起去。或者至少如此提議。那樣可能會讓他領悟到去那裡大發雷霆有多愚蠢。

我在後座地板上找到外套，然後穿上。

我本來可以嘗試讓他放鬆。我本來可以開個玩笑什麼的。這一切就是發生得太快了。我朝學校方向看，看著傑克走去的那一邊。雪還在下。雪很濃密，風又很強。我們甚至不該開車，這種時候就不應該。

我猜我可以理解這樣為什麼讓他不爽。他確實把我的上衣脫了。我們本來要做愛。我們本來可能會做。傑克覺得脆弱，脆弱的感覺讓我們失去合理思考的能力。但我才是那個脫掉了上衣的人。而我只想要離開。就這麼開走。我們本來就該那麼做。

傑克看到了那個人。如果我抬頭看，看到一個男人在我們像那個樣子、擺出那種姿勢的時候，透過學校窗戶盯著我們瞧，不管那個男人是在做什麼，或許我也一樣會大發脾氣。如果這傢伙是個樣子很古怪的男人，那麼更是如此。我肯定會抓狂。

這傢伙是誰？

夜班工人？像傑克說的，是個工友？那是唯一合理的事情，但不知怎麼的似乎有點過時。

什麼樣的工作啊，夜班管理員。夜復一夜，獨自一人待在那裡。尤其是在這間學校。在鄉野之間，旁邊都沒有人。不過他或許喜歡這樣，很享受孤獨。他可以照著他想要的節奏清理學校。他可以就這樣做他的工作。沒有人來告訴他怎麼做、或者何時做這個工作。只要他把事情做好就行。工作的方式就是這樣。這些年來他已經發展出一套例行公事，能夠連想都不用想就做到。就算有人在旁邊，沒有人會注意到管理員。

這是我能夠欣賞的工作。不是清理跟打掃。而是獨處，孤獨。他必須整晚醒著，但他不必跟任何學生打交道，不必看到他們有多粗心、多混亂、多邋遢又多骯髒。不過他比任何人都更了解這點，因為他必須處理後果。其他人不用。

如果我可以獨自工作，我想我會比較喜歡這樣。我幾乎很確定我會喜歡。不用閒聊，沒有要討論的未來計畫。沒有人會靠在你桌前問你問題。你就只是做自己的工作。如果我可以大多數時候獨自工作，而且仍然獨居，一切會比較容易。每件事情都會更自然一點。

無論如何，整晚獨自待在那裡，尤其是在這麼大的學校裡。這是一份讓人發毛的工作。我回顧學校，黑暗安靜，就像車子裡面一樣。

傑克送我的唯一一本書——在我們相遇後大約一週——叫做《輸家》。是一位德國作家寫的，叫某某．伯恩哈德[4]。他現在已經死了，而在傑克給我這本書以前，我從沒聽說過這個作家。傑克寫下在封面裡寫下「另一個哀傷故事」。

整本書是只有一個段落的獨白。傑克在某一段下面畫了線。「存在沒別的意義，就只意味著我們的絕望……因為我們不是存在，我們是被迫存在。」在我讀過這段話以後，我一直在想那是什麼意思。另一個哀傷故事。

我聽到我右邊某處有一陣突如其來的金屬鏗鏘響聲，從學校傳來的。這嚇著我了。我轉向那聲音。除了旋轉的風雪以外別無他物。除了黃色的泛光燈以外，沒有動作或光線的跡象。我等待著另一個聲音，但它沒有出現。

窗邊有動靜嗎？我無法分辨。我肯定聽到了什麼。我確定我聽到了。

到處都是雪。很難看到我們進來時走的路。那條路只在大約五十碼外。這裡寒意徹骨。出於本能，我把手舉到送風口前方。傑克完全停止了車子的運作。他把鑰匙一起帶走了。他想都沒想就這麼做了。

另一聲響亮的鏗鏘聲。然後又一聲。我的心臟往前跳過一拍，跳得更快、更沉重了。我轉身再度望向窗外。我不想再看了。我不喜歡這樣。我想走。我現在真的想要走了。我想結束這件事。傑克在哪裡？他在做什麼？他離開了多久？我們在哪裡？

我是個花很多時間獨處的人。我珍惜我的孤獨。傑克認為我花太多時間獨處。他可能是對的。不過我現在不想一個人。在這裡不行。就像傑克跟我在車程上談到的，脈絡就是一切。

第四聲砰然巨響。這是到目前為止最大聲的。這肯定是來自學校裡面。這真愚蠢。早上必須工作的是傑克，不是我。我可以睡到自然醒。為什麼我同意這樣做？

4《輸家》（*The Loser*）的作者是奧地利作家湯瑪斯·伯恩哈德（Thomas Bernhard, 1931-1989）一九八三年的作品。作者虛構了兩位受教於霍洛維茲門下的鋼琴家，在一九五三年不巧認識了天才鋼琴家葛倫·顧爾德，他的才華對這兩個人造成了毀滅性的影響，不得不放棄音樂，甚至放棄人生。

我本來就不該跟他來的。我很久以前就該把事情做個了結了。我怎麼會到最後來了這裡？我根本不該同意拜訪他父母、拜訪他長大的房子。那樣不公平。但我很好奇。我應該在家裡，閱讀或者睡覺。這不是正確的時機。我應該在床上。我早知道傑克跟我不會長久。我真的知道。我從一開始就知道了。現在我坐在這輛愚蠢的、凍死人的車上。我打開車門。更多寒氣衝了進來。

「傑——克！」

沒有回應。時間已經過了多久？十分鐘？更久？他現在不是應該回來了嗎？事情發生得這麼快。他著魔地想跟那個男人對質。那表示跟對方說話或者大吼或者打架，或者……？這樣意義何在？

這幾乎就像是傑克在為別的事情氣惱心煩，某種我沒察覺到的事情。也許我應該進去找他。我不能在車裡等他等到天荒地老。他要我留在這裡。這是他說的最後一句話。

我不在乎他是不是生氣了。他先前不該把我一個人留在這裡。在黑暗之中。在寒冷之中。想著要結束一切。這真瘋狂。我們在他媽的荒郊野外。這真的很爛、很不公平。我應該在這裡呆坐多久？

但我還能做什麼？我沒有太多其他的選擇。我必須留下。從這裡走不到任何地方。無論如何，現在太冷又太黑了。沒有辦法打電話給別人，因為我的蠢手機沒電了。我必須等。但我不想就坐在這裡受凍。這裡只會繼續變得更冷。我必須去找他。我轉過身去，用手在駕駛座後面的地板上摸索。我試著找傑克的羊毛帽。我們一開始坐進車裡的時候，我看到他把帽子放在那裡。我摸到它了，對我來說稍微有點大，但我會需要它。我戴上帽子。不太大，比預料中更合適。

我打開車門，把腿往外一甩，然後站起身。我關上車門，沒有猛然摔上。

我緩緩地朝著學校移動。我在顫抖。我能聽到的就只有我在人行道上的腳步聲，擠壓著積雪。這是個暗夜。很暗。這裡肯定總是陰陰暗暗。我看得到我的氣息，但這氣息在我周圍蒸發。雪隨著風以某種角度落下。有幾秒鐘，一小段時間，我不確定有多長，我抬頭望著天空，全都是星星。能看到這麼多星星是很不尋常的。我本來假定雪暴會帶來雲層。星星到處都是。

我攀上學校校舍的窗口，往裡面窺探。我用手遮著我的眼睛。有百葉窗，從地板直遮到天花板。透過縫隙我看不到任何人。這裡看起來是圖書室或者辦公室。這裡有書架。我敲敲冰冷的玻璃。我回顧車子。我距離車子大約三十呎。我又敲了窗戶，這次敲得比較重。

我看到綠色的垃圾桶。我走向垃圾桶，移開蓋子。傑克是對的。裡面裝了半滿的米色鹽粒。我重新放好蓋子。蓋子蓋不攏。上面有凹陷又彎彎曲曲的。我不能再回去坐在車裡。我必須去找傑克。我走向傑克去的學校側面。我還可以辨識出他的腳印，勉強看得到。

我本來期待著在這裡看到遊戲攀爬架。不過這裡是高中；他們不會有這種東西。我轉過轉角，跟著傑克走過的路徑走。我先前央求他跟我一起留在車裡。我們不必置身此處。

我看到前方有兩個綠色大垃圾箱，而在後面是更多的黑暗，還有田野。那些大垃圾箱肯定是他丟棄杯子的地方。他在哪裡？

「傑克！」我喊道，同時走向大垃圾箱。我感覺不自在，緊張兮兮。我不喜歡這個地方。我不喜歡一個人待在這裡。「你在幹什麼？傑克？傑——克？」

我什麼都聽不見。風。我左邊是個籃球場。彎曲的籃框旁邊沒有網子或鏈子。我看到前方田野裡有足球的球門柱。周圍沒有網子。生鏽的足球門柱站在這片田野的兩端。

為什麼我們停在這裡？我真的需要確證才能結束一切嗎？我會單身很長一段時間，可能是永遠，而我覺得那樣沒關係。是沒關係。我很樂於獨處。孤寂，卻很滿足。孤寂不是最糟的事。孤寂沒什麼不好。我可以應付孤寂。我們不能什麼都要。我不能什麼都要。

我看到前方有扇門，就在大垃圾箱後面。傑克一定在學校裡。學校後面的風更強。就像個風洞。我必須把我的外套領口合攏捏緊。我步伐穩定地走著，垂著頭，朝著門邊的窗戶走。

我們不會長久。我已經知道了。我確實知道。他對這趟旅程感到興奮，把這看成是我們的關係有進展。他要是知道我想過的一切事情，就不會要我去他父母家。別人實在很少知道我們心中所想的每一件事。就連那些我們最親近的人，或者看似最親近的人都是這樣。也許這是不可能的。也許甚至在最長久、最親密、最成功的婚姻裡，人也不會總是知道對方在想什麼。我們從來不是另一個人肚裡的蛔蟲。我們永遠不可能真正知道別人的想法。然而就是那些想法才重要。想法就是現實。行動可以偽裝。

我攀上窗戶往裡看。一條長長的走廊。我無法一路看到盡頭。這裡很暗。我敲敲玻璃。我想要大喊，卻知道這樣不會有任何用處。

在長廊另一端有東西在動。是傑克嗎？我不認為是。傑克是對的。有某個人。有某個人在那裡。

我往下躲，遠離窗戶。我的心臟幾乎爆炸了。我回頭往裡窺看。我聽不到任何聲音。那裡有人！是個男人。

一個非常高的身影。有某樣東西從他手臂上垂下。他正面對著這一邊。他沒有在動。我不認為他能看到我。從這麼遠的地方看不到。為什麼他沒在動？他在做什麼？他就站在那裡。毫無動靜。

他握著一根掃把或拖把。我想瞪著看，卻突然間太過恐懼辦不到。我把腦袋縮回磚牆後。我不想讓他看到我。我閉上雙眼，用我的手摀住嘴巴。我不該在這裡。我不該。我透過鼻孔呼吸，吸進空氣又硬是吐出來，很焦慮。

我感覺好像在水面下，被重量拉下去，很無助。我可以感覺到我的脈搏一直猛跳。也許他能幫助我。也許我應該問他傑克在哪裡。我等了二十秒左右，然後非常緩慢地把我的頭往前靠，好再看一眼。

他還在那裡，在同一個位置。站著，看著這邊。看著我。我想要大喊：「你把傑克怎麼了？」但我為什麼要這樣做？我怎麼知道他有沒有對傑克做任何事？我需要保持靜止，不出聲。我太害怕了。他是個高瘦的人。我沒辦法看得夠清楚。走廊這麼長。他看起來很老，也許駝背。我想，他穿著深藍色的褲子。還有一件深色上衣：看起來像是工作服。

他手上那是什麼？黃色手套？橡皮手套？那層黃色往上延伸到他前臂一半的地方。他頭上有某個東西。我看不到他的臉。那是個面具。我不該看的。我應該壓低姿勢，隱藏起來。我應該設法脫離這個情境。我在冒汗。我可以感覺到我脖子、背上的汗水。

他正握著拖把。他現在可能正在地板上到處挪動著拖把。我用力瞇起眼睛。他在動。他幾乎像是在跟拖把共舞。

我往後靠著牆壁，在視線範圍之外。我再度去看的時候，他不見了。不，他在那裡！他在地板上。他就只是躺在那裡。他的頭可能在動，從一邊轉向另一邊。也有點上下移動，或許吧。我不喜歡這樣。他在爬嗎？是的。他在爬，沿著走廊扭動，往他的右方去。

這樣很不妙。我必須找到傑克。我們必須離開這裡。我們必須現在就離開。這狀況極端不對勁。

我奔向側門。我必須進去。

我拉了門把。門是開的。我踏進去。地板上鋪了磚。走廊光線非常昏暗，而且在我面前延伸，無窮無盡。

「傑克？」

這裡有種獨特的氣味，消毒的、化學性的，清潔用品的味道。這對我的頭不會有好處。我本來已經忘記我頭在痛，卻被提醒了。一種鈍痛。還在那裡。

「哈囉？」

我走了幾步。隨著沉重的喀噠一聲，門在我背後關上。

「傑克！」

我的左邊有個木頭加玻璃的展示櫃。獎盃、獎牌跟旗幟。往前更遠處，右邊肯定是主辦公室。我走向辦公室的窗戶，往裡面看。這裡看起來很老舊，家具、椅子跟地毯都很舊。有幾張桌子。

我前方剩下的走廊都是置物櫃。暗色的櫃子，漆成藍色。在我沿著走廊往前走的時候，我經過了夾在置物櫃之間的門。所有的門都關著。燈光熄了。在這條走廊後面還有另一條走廊。

我走向其中一扇門，試探了一下。門是鎖住的。門上有單單一個垂直的矩形窗戶。我往裡看。桌子跟椅子。一間典型的教室。走廊天花板上的燈似乎是處於微光模式。也許是為了節省能源。這條走廊上的燈不是非常明亮。

每走一步，我濕掉的鞋子都在走廊上吱吱作響。很難安靜地走路。在走廊底端有一組開著的雙開門。我到那道門前，視線穿過去，往右看，然後一再往左。

「傑克？哈囉？有人在這裡嗎？哈囉？」

什麼都沒有。

我走進去，然後往左轉。更多置物櫃。除了地板上的圖樣有不同的設計與顏色以外，這條走廊跟另一條完全一樣。在下一條走廊上，我看到一扇開著的門。那是一扇木門，沒有窗戶。不過門開得大大的。我沿著走廊走過去，往裡踏了一小步。我敲敲開著的門。

「哈囉？」

我看到的第一樣東西是一個銀色桶子，裡面裝著灰色的水。這個房間裡有某種熟悉之處。在我抵達這裡以前，我就知道它看起來會是什麼樣了。這個桶子是架在四個輪子上的那種，沒有拖把。我想過要再喊傑克一次，卻沒這麼做。

這房間——感覺比較像是個大衣櫃——大半是空曠骯髒的。我往前走了一兩步，看到對面牆壁上貼著一份月曆。水泥地板中間有個排水孔。它看起來是濕的。

在房間的左後方，靠著牆壁的地方有張木桌。我沒看到椅子。桌子旁邊是一個櫃子。並不是很精緻，就只是個高高的櫃子。它看起來像個豎立起來的棺材。

我小心翼翼地走著，踏過排水孔，到了後面。牆上也有圖片。是照片。桌上有個骯髒的咖啡杯。一組銀器。一個盤子。桌上是一個白色微波爐。我靠過去看著那些照片。黏在牆上的其中一張照片裡，有一男一女。一對夫妻。或者也可能是手足；他們看起來很相似。男人很老。他很高，比那女人高得多。她有灰色的直髮。他們兩個都有一張長臉。沒有一個在微笑。沒有一個看起來快樂或悲傷。他們很僵硬，面無表情。把這樣的照片展示在牆上很古怪。是某人的父母嗎？

幾張其他照片裡的是一個男人。他看起來不像有察覺到自己被人拍下來了，或者說，如果他知道，也很不情願。他的頭頂不在照片裡；被邊框切掉了。在一張照片裡，他坐在一張桌子前面，可能就是這張桌子。他傾斜著身體遠離桌子，用他的左手蓋住臉。畫質不是非常好。所有的照片都顯得斑駁。褪色了。這一定是他，傑克看到的男人，我在走廊上看到的那一個。

我更仔細看，檢視他在照片裡的臉。他的眼睛很哀傷。那雙眼睛很熟悉。他眼裡有某種東西。

我的心跳變得很明顯，再度加速了。我可以感覺到。我們抵達以前他在做什麼？他不可能知道我們、或者任何人會到這裡來。我不認識他。

在桌子中央，在幾份報紙旁邊，是一片布料，被揉皺成一團的破布。我起初沒注意到。我拿起那塊布。它很乾淨又非常柔軟，就像被洗過幾百次、幾千次了。

但不是的。這根本不是一塊破布。我一打開它，我就看出這是一件小小的上衣，給孩子穿的。是淡藍色底布配上白色點點。其中一隻衣袖被扯掉了。我把衣服翻過來。在背椎中央有個小小的油漆污點。我鬆手丟下它。我認得這件上衣。那些白點，還有油漆污漬。我認得它。我有同樣的衣服。

這是**我的**衣服。這不可能是我的衣服。但它就是。我還小的時候穿的。我確定是。它怎麼會跑到這裡來？桌子的另一邊是一台小小的攝影機。有人用兩條纜線把它連到一台電視後面。

「哈囉？」我說。

我拿起攝影機。它很舊，但還是相當輕。我注視著電視，然後按下電源鍵。出現靜電干擾畫面。我想離開。我不喜歡這樣。我想回家。

「嘿！」我大喊。「傑克！」

我小心翼翼把攝影機往下放回桌上。我嘗試了放映鍵。螢幕閃動著。不再是靜電干擾畫面了。我靠向電視機。鏡頭拍的是一個房間。一堵牆。我可以聽到畫面裡的某種聲音。我找到電視上的音量按鍵，把聲音調高，調到很大聲。像是嗡嗡響之類的聲音。還有呼吸。是呼吸聲嗎？拍的是這個房間。是我目前所在的這個房間。我認得牆壁、照片跟桌子。現在畫面往下移了，移得更低，移到了地板上。

畫面開始移動，從門口離開，沿著走廊前行。我可以聽到拍攝者緩慢的腳步聲，像是橡膠靴子踩在鋪磚地板上的腳步聲。這步調是很有方法、深思熟慮的。

攝影機進入了一個大房間，看起來像是學校的圖書室。它有目的地移動，筆直前進，穿過一排排共用書桌，一堆又一堆、一架又一架的書。後面有窗戶。它一路走到窗戶那裡。窗戶很長，有從地板到天花板的橫式百葉窗。攝影機停了下來，保持極度靜止，而且繼續錄影。

就在鏡頭之外，有一隻手之類的東西，把其中一扇百葉窗微微地往左邊移動。

百葉窗鏗鏘作響。攝影機往上移，透過窗戶往外看。外面是一輛卡車。是後面的那台老貨卡車。

鏡頭在那輛卡車上面拉近。畫面拉得更近，更搖晃不定。像這樣放大畫面的時候，畫質不是很好。有個人在那輛卡車裡，坐在駕駛座，看起來幾乎像是傑克。那是傑克嗎？不，不可能是。不過看起來真的很像……

這一鏡突然間結束，回復成一陣陣響亮的靜電干擾。我嚇著了，全身一震。

我必須離開這裡。現在就走。

我往回走，速度很快，走回我進來的門。我不知道這裡的這個男人是誰、發生了什麼事、或者傑克在哪裡，但我需要求援。我不能待在這裡。我會朝著城鎮往回跑；我不在乎這樣會不會耗掉一整夜。我不在乎我會不會被凍得半死。我需要跟某個人說話。在我回到主要道路的時候，也許我可以招手攔下哪個人。一定有些車子在外頭跑，在某個地方。

來到這裡以後，我就需要幫助了。

我往左轉，然後右轉。我走得很快。或者設法這麼做。我沒有辦法走得像我想要的那麼快，我感覺就像在濕泥巴裡行走似的。走廊空蕩蕩的。傑克無影無蹤。

我環顧四周。一片黑暗。什麼都沒有。我知道我不是孤獨一人，我不可能是，但我覺得孤寂。這間學校，在白天繁忙而人滿為患。每個置物櫃都代表一個人，一種生活，一個有各種興趣、朋友跟野心的青少年。但現在那沒有任何意義，一點都沒有。

學校是我們所有人都必須去的地方。那裡有著潛力。學校是關乎未來的地方，期待著某件事，進展、成長、成熟。這裡理應是安全的，但結果卻相反。這裡感覺像是一座監獄。

門在走廊另一頭。我可以回到車上並且希望傑克回來，或者設法徒步回到主要道路上。也許傑克已經回到車上了，正在等我。不管怎樣，我都可以回車上去，想出某種辦法。

我經過主要辦公室，然後從門口看到某樣東西在閃爍。是什麼？那是條鎖鏈嗎？不可能是。那是我剛才進來的門。它就是。有一條金屬鎖鍊掛在門上。還有一個鎖。

有人鍊住了門，還上了鎖。從內部。

我轉身回顧走廊。如果我停止移動，就沒有聲音了。這裡沒有聲音。這是我進來時穿過的同一扇門。門本來是開的。現在他鎖住門了。一定是他。我不懂發生了什麼事。

「是誰在這裡？是誰在這裡？嘿！傑克！拜託！」

一片靜默。我感覺不太好。這樣不對勁。

我讓我的額頭往前靠在門的玻璃上。它很冷。我閉上雙眼。我只想離開這裡，回到我的公寓，回到我床上。我本來就絕對不該跟傑克一起去。

我望著窗外。那輛黑色貨卡車還在那裡。他在哪裡？「傑克！」

我沿著走廊往回跑，我的鞋子吱吱尖叫，奔向學校前方的窗戶。不！不可能的。車子不見了。傑克的車不在那裡。我不明白。他不會把我留在這裡，傑克不會的。我轉身從同一條走廊上跑回去，經過置物櫃跑回我進來的門，現在上了鎖鍊的門。

「是誰在這裡？嘿！你想幹嘛？」

我看到了。那裡有一張紙。紙塞在金屬鍊子的其中一環裡。一張小小的、摺起的紙。我拿下那張紙，把它打開。我的雙手在顫抖。單單一行凌亂的手寫字跡：

美國每年發生超過一百萬件暴力犯罪。但這間學校裡發生什麼事？

我丟掉這張紙，從它旁邊退開。一股深沉的恐懼與驚惶湧上來，傳遍我全身。他對傑克做了某種事情。而現在他要對付我了。我需要離開這個地方。我必須停止叫喊。我需要躲藏。我不該大喊或者製造噪音。他會知道我就在這裡，知道我在哪邊。他現在可以看到我嗎？

我需要找其他能去的地方。不能待在這條開放的走廊上。一個房間，一張可以躲在下面的桌子。

我聽到某種聲音。腳步聲。緩慢的。橡膠靴子踩在地板上。這聲音是從另一條走廊上來的。我需要躲起來。現在就躲。

我逃離腳步聲，往走廊左邊跑。我穿過一道雙開門，進入一個大房間，後面有發光的自動販賣機跟長桌子，一間自助餐廳。在房間前面有個舞台。在另一端有個單扇門。我跑過那些桌子，穿過那道門。

門打開通往一個樓梯井。我需要繼續跑，跑得更遠些。我唯一的選擇是往上走。我往上爬的時候需要保持安靜，但那裡有回音。我不確定他是不是跟在後面。

樓梯爬到一半的時候我停下來聽。我聽不到任何聲音。這個樓梯井裡沒有任何窗戶。我仍然可以聞到一樣的味道，那種化學氣味。在這裡甚至還更濃厚。我的頭痛起來。

我一抵達樓梯間，就流了更多汗。汗水從我身上大量湧出。我拉開外套拉鍊。我右邊有一扇門，或者我可以爬樓梯到三樓。我試了一下那扇門。門沒有鎖，我走了進去。門在我背後關上。

另外一條有置物櫃跟教室的走廊。我左邊有一台飲水機。我本來沒發現我有多渴。我彎下腰喝了一口。我在臉上潑了些水，還潑了一些在脖子後面。我喘不過氣了。這裡的走廊看起來非常像樓下的那條。這些走廊，這間學校，全都只是個大迷宮。一個陷阱。

音樂開始透過廣播系統播放出來。

聲音不是非常響亮。一首鄉村老歌。我知道這首歌。〈嘿，美人兒〉。傑克跟我開車到農場去的路上，廣播電台播送的那首歌。同一首。

走廊側邊有張長椅。我跪下來，在長椅後面半躺半蹲，側著身體。我幾乎是躲在這裡了。地板很硬。如果有任何人進門，我都可以看到。我正注視著門。歌曲一直播放到結束。有一兩秒的停頓，然後它又從頭開始放了。我設法蓋住耳朵，卻還是聽得到，那同一首歌。我有在嘗試，但我再也忍不住了。我哭了起來。

◎◎◎

在此刻之前，在此事之前，在今晚之前，如果有任何人問我，我身上發生過最可怕的事情是什麼，我都告訴他們同一個故事。我告訴他們維爾小姐的事。大部分聽我講的人都不覺得這個故事嚇人。他們似乎覺得很無聊，在我講到結尾時幾乎覺得失望。我的故事不像電影，我會這麼說。這故事不會讓人心跳停止、情緒激動、血液凝結，沒有鮮明的畫面或是暴力元素。不會突然嚇人一跳。對我來說，這些成分通常並不嚇人。某種讓人暈頭轉向、打亂本來視為理所當然之事的東西，某種干擾破壞現實的事物——那才嚇人。

也許維爾小姐事件對其他人來說並不嚇人，因為其中缺乏戲劇性。那只是生活。但對我來說，這正是為什麼這件事當時讓我覺得嚇人。現在還是很嚇人。

我不想去跟維爾小姐一起住。

我第一次遇到維爾小姐是在我家廚房裡。我七歲。我聽說她的名字好幾年了。我知道她常打電話給我媽。她打電話給我媽，告訴她自己身上發生過的壞事。我媽總是會聽。這可不是說我媽沒有自己的問題。而這些電話一次會講上好幾小時。

有時候我會在她打來的時候接電話，而我一聽到她的聲音，我就覺得不自在。有時候我會試著在我媽接起另一邊電話的時候偷聽，但她總是在幾秒鐘內就說：「好，沒問題。我接到電話了，妳現在可以掛上了。」

維爾小姐右手上了石膏。我記得我媽說過，維爾小姐總是有某個地方出問題，手腕上綁一條彈性繃帶，或者膝蓋上戴了個護膝。她的臉就是我在電話上聽聲音想像的那樣——尖銳而蒼老。她有紅棕色的捲髮。

她到我們家來，是因為她要來收集我們的培根肥油。我媽以前會把我們的培根肥油收在冰箱中的一個容器裡。維爾小姐會用培根肥油做約克夏布丁，但她自己從不煮培根。我媽不時會帶著肥油跟她在某處見面，或者帶去她家。

這一次，我媽邀請維爾小姐過來。我向學校請病假在家，正坐在廚房裡。我媽泡了茶；維爾小姐帶來了她的燕麥餅乾。肥油交易做完了，然後兩位女士就坐在那裡喝茶閒聊。

維爾小姐從來不對我說哈囉，甚至不看我。我仍然穿著我的睡衣。我在發燒。我正在吃吐司。我不想跟那個女人一同坐在桌前。然後，我媽離開了房間。我不記得為什麼；也許她是去廁所了。我跟她獨處，跟那個女人，維爾小姐。我幾乎動彈不得。維爾小姐停下她正在做的事，注視著我。

「妳是乖小孩還是壞小孩？」她問道。她在玩弄她的一綹頭髮，把它纏在她手指上。「如果妳放棄，妳就是壞小孩。」

我不知道她在說什麼，也不知道要回應什麼。沒有一個大人，尤其是我不認識的大人，曾經像那樣對我說話。

「如果妳很乖，妳可以吃一片餅乾。如果妳很壞，那也許妳必須來跟我住，而不是在這棟房子裡跟妳父母住。」

我僵硬得像石頭。我無法回答她的問題。

「妳不該這麼害羞。妳必須克服這點。」

她的聲音就像在電話裡聽起來一樣——愛抱怨、高亢，而且單調平板。她身上沒有任何粉飾，沒有任何友善或溫柔的地方。她對我怒目相向。

在狀況最好的時候，我也幾乎無法對陌生人說話。我不喜歡陌生人，而在必須解釋事情、甚或只是討論最小最瑣碎的東西時，我常常都會覺得很丟臉。我要認識人有困難。我很難跟人做眼神接觸。我把麵包皮放到盤子上，然後看向她後方。

「我很乖，」過了一會以後我說道。我感覺到我的臉漲紅了。我不了解她為什麼問我這個，而這嚇著了我。我在驚嚇或緊張的時候會臉紅。一個人怎麼知道自己是乖還是壞？我不想要餅乾。

「那我呢？你媽怎麼告訴妳關於我的事？她怎麼說我？」

她以一種我從沒看過的方式露出微笑。笑容像傷疤一樣在她臉上延展開來。她的手指因為拿過油脂罐而變得亮澤而油膩。

在我媽回到房間裡的時候，維爾小姐開始把更多肥油從我媽的罐子裡倒到她的罐子裡。她沒有透露出我們剛才講過話的任何跡象。

那天晚上，我媽食物中毒。她整晚上醒著，一邊嘔吐，一邊哭泣。我睡不著，全都聽到了。是她幹的。是維爾小姐的餅乾害媽媽生病。我知道。我媽後來說是偶發的腸胃問題，但我知道真相。

我媽跟我吃了一樣的晚餐，而我沒生病。這也不是流感。我媽到早上就好了。有一點點脫水，不過復原了。是食物中毒。她吃了一塊餅乾。我沒有。

我們無法也不會知道其他人在想什麼。我們不能也不會知道別人帶著什麼動機做出他們所做的事。從來不知。不完全知道。這是我駭人的、青澀的領悟。我們就是永遠不會真的認識任何人。我不會。你也不會。

很令人驚奇的是，親密關係可以在從未完全認識的限制之下成形，還能維持下去。從來不確切知道對方在想什麼。從來不確切知道對方是什麼樣的人。我們無法想做什麼就做什麼。我們必須以某些方式行動。我們必須說某些話。

但我們可以愛怎麼想就怎麼想。

任何人都可以去想任何事情。思想是唯一的現實。這是真的。我現在確定這點了。思想從來不做假、不虛張聲勢。這個簡單的領悟一直與我同在，年復一年地困擾著我。現在依然如此。

「妳是乖小孩還是壞小孩？」

現在讓我最驚駭的是，我不知道答案。

我在長椅後面待了可能有一小時。可能還更久得多。我不確定。一小時有多長？一分鐘呢？一年呢？我的屁股跟膝蓋因為姿勢而變得麻木。我必須用不自然的方式扭曲自己。我喪失了時間感。你獨自一人的時候當然會喪失時間感。時間總是在過。

那首歌持續播放著：〈嘿，美人兒〉，一遍又一遍。二十次、三十次或一百次。它可能也變得更大聲了。一小時跟兩小時是一樣的。一小時就是永遠。這很難搞清楚。只是它就這麼停了。它在一句歌詞唱到一半的時候停了下來。我痛恨那首歌。我痛恨我被迫非聽不可。我不想聽。但現在全部的歌詞我都熟記在心了。它停下來的時候，我為之一驚。這喚醒了我。我先前一直用傑克的帽子當枕頭，躺在地上。

我決定我必須繼續移動。躺著躲在這張長椅後面不好。我是個目標。我在這裡太醒目了。如果傑克跟我一起在這裡，他會告訴我的第一件事就是這個。不過他不在。我的膝蓋真的很痠痛。我的頭還在痛，而且暈暈的。我幾乎忘記了。頭痛仍然存在。傑克也會叫我別想著那種痛。

你從沒想過自己會置身於像這樣的處境裡。被觀察、被跟蹤、被俘虜、獨自一人。你聽說過這些事情。你不時會讀到這些事。你想到某人有可能會對另一個人類做出這種類型的恐怖行為，就感覺想吐。人類出了什麼毛病？為什麼有人會做出這些事情？為什麼有人到頭來會陷入這種處境？邪惡的可能性令你震驚。但你不是目標，所以沒關係。你忘記這件事。你繼續過活。這不會發生在你身上。這發生在別人身上。

直到現在為止。我站起來，企圖忽略我的恐懼。我沿著走廊爬行過去，保持靜默，從長椅那裡移開，遠離我上來的樓梯井。我嘗試了幾扇門。全都上鎖了。沒有從這個地方離開的出口。這些走廊很陰暗。牆面上什麼都沒有，沒有學生存在的跡象。我走過同樣這些走廊好多次了。它們自我重複、封閉自守，就像畫家艾雪[5]的畫一樣。當你這麼想的時候，某些人花這麼多時間待在這裡幾乎是件古怪的事。

我經過時看到的所有垃圾桶，都乾乾淨淨空無一物。袋子是新套上的。裡面沒有廢棄物。我察看過這些垃圾桶，想著那裡可能有某種能派上用場的東西，某種順手方便的東西，某種能幫助我前進、幫助我逃跑的東西。垃圾桶全都是空的。只有空的黑色袋子。

我走向一個肯定是科學教室的地方。我以前到過這裡嗎？我從門口望進去。實驗桌。

這條走廊上的門不一樣。這些門比較厚重，而且是藍色的，天藍色。在走廊盡頭有一面大布條，手繪的。這是冬季正式舞會的廣告。學校辦的舞會。他們全都會一起出現在這裡，那些學生。好多的學生。這是我至今看到的第一個顯示有學生存在的跡象。

徹夜勁舞。門票十塊錢。你在等什麼？布條上寫著。

我想我聽見橡膠靴子了。某處傳來的腳步聲。

彷彿有人在我身上下了藥。我不能動。我不該動。我在恐懼中失能了。被凍結。我想轉身尖叫逃跑，但我辦不到。如果那是傑克呢？要是他還在這裡，像我一樣被鎖住呢？如果他在這裡，那樣就表示我不是一個人，表示我會是安全的。

我可以回到樓梯井。就在走廊對面。我可以上到三樓。也許傑克在那裡。我緊緊閉上眼睛。我雙手握拳。我心跳如雷。我又聽見靴子聲。是他。他在找我。

我猛然吐氣，感覺想吐。我已經在這裡太久了。

我可以感覺到我的胸口收緊了。我要吐了。我辦不到。

我衝進樓梯井。他還沒看見我。我不認為有。我不知道他在哪裡。樓下，樓

---

5 艾雪（M. C. Escher, 1898-1972）荷蘭版畫家，擅長利用視錯覺與重複圖案創造充滿奇幻感的作品。

上，對面，下面，別處。我感覺像是他可能在躲藏，在等待，蟄伏在我自己的陰影裡。我不知道。

我就是不知道。

一間美術教室。在樓上。一條不同的走廊。一扇沒鎖上的門。這裡可能是任何地方。在通往這個房間的門打開時，我還真不確定自己是否有過這麼寬心的感覺。我把背後的門關上，動作非常慢，但我沒閂上門。我聆聽著。我聽不到任何聲音。我或許能夠躲在這裡，至少躲上一會。我做的第一件事情是試試看固定在牆上的電話，但我撥到超過三位數字以後它就立刻對我嗶嗶作響。我先嘗試過按九，甚至嘗試撥九一一。毫無希望。什麼都不管用。

房間前方的教師用桌整齊清潔。我打開頂端的抽屜。在桌子裡也許有我能用的東西。我很快摸索過這些抽屜，找到一支塑膠製伸縮筆刀。但刀片已經被拿掉了。我把它扔到地上。

我聽到走廊上有某種聲音。我縮起來躲在桌子後面，閉上我的眼睛。更多時間過去。有一瓶瓶顏料、刷子跟備品排排站在後面跟側面的牆壁旁。白板被擦乾淨了。

我納悶地想，我能留在這裡多久。沒有基本必需品，沒有食物又沒有水，一個人可以堅持多久？像這樣保持隱蔽太被動了。我需要採取主動。

我檢查了窗戶。底部的窗戶開著，但只足夠讓一點點空氣流入。如果外面有窗台或者某樣東西，也許我可以考慮跳下去。也許。我打開窗戶整整兩吋寬。冷風吹在我手上感覺很好。我把手留在那裡，感覺那股微風。我彎下腰，吸進我能吸進的少量新鮮空氣。

我以前很愛上美術課。我只是完全不擅長。我急切地想要上手。我不想只在數學課上很有能力、很成功。美術不一樣。

高中對我來說是這麼奇怪的一段時期。對於某些人來說，那是巔峰。我做了功課，拿到高分。那不是問題。但所有那些社交活動、派對、融入群體的嘗試。那不容易，就算在當時也是。一天結束的時候，我只想回家。

在學校生活裡真正重要的面向上，我並不起眼。那是最糟糕的一種遺忘，延續許多年。我無臭無味，是隱形的。

成年。大器晚成。那就是我。或者說應該是那樣子。到時候事情應該終於會改善。到時候我會變得比較好，每個人都這麼說。到時候我會開始充分發揮自我。

我一直這麼小心翼翼。這麼敏感不安。我比較少覺得困惑了。我從來沒有莽撞行事。我了解我自己。我自己無限的潛力。有這麼多的潛力。然而現在是這樣。我怎麼會落到這步田地？這不公平。

還有傑克。我們之間行不通的。這樣維持不下去，不過現在這沒有關係了。少了我他會好好的，不是嗎？他會充分發揮自己的能力。他會有某種大成就，我知道這點。他不需要這個。我。他的家人也不需要這個。他們不是我這種人，不過那不重要了。他們經歷過很多事。我知道的可能連一半都不到。他們可能認為我們現在已經回家了。他們可能在熟睡。

這不是結束。這不必是。我需要找到他。然後我就可以退出，重新開始，再度嘗試。從頭開始。傑克也可以。

休息的感覺很好，在窗口邊，感覺到我皮膚上的空氣。我突然間覺得倦了。也許我需要躺下。去睡覺。也許甚至做個夢。

不。我不能。不要睡眠。不要更多惡夢。不。

我必須移動。我還沒自由。我讓窗戶開著，悄悄溜到門邊。

我的右腳撞到了什麼東西。一個瓶子。一個塑膠製顏料瓶，躺在地板上。我撿起瓶子。它半空了。我手上沾了顏料。瓶子外面有顏料。

這是濕的顏料。新鮮的顏料。我可以聞得到。我把瓶子放在一張桌子上。

他在這裡。不久前他就在這裡！

我的雙手紅通通的。我把手擦在褲子上。

我看到地板上有更多顏料。我用腳趾抹開顏料。那裡有字跡，用小小的字母拼成的：

我知道妳打算幹什麼。

一則訊息。留給我的。他想要我來到這裡，看到這則訊息。這就是為什麼這扇門是開的。他引導我到這裡。

我不知道這是什麼意思。

等等。我知道。對，我知道。

他看到傑克親吻我的脖子。他看到我們在車裡。他在窗口邊，他注視著。是這樣嗎？他知道我們本來打算在車裡做什麼。而他不想讓我們做愛？是這樣嗎？

前方地板上有更多字跡。

現在只有妳跟我了。問題只有一個。

我體內充斥著恐懼。絕對的恐怖。沒有人知道這感覺像什麼。不可能知道。你不會知道的，除非你像這樣無比孤獨。像我這樣。我從來不知道，直到現在才懂。他怎麼知道？他怎麼知道那個問題？他不可能知道我一直在想的事情。他不可能。不可能有人真的知道別人在想什麼。

這不可能是真的。我的頭痛正在加劇。我把顫抖的手伸到我前額。我這麼疲倦。我的狀況不妙。但我不能留在這裡。我必須繼續移動，我必須躲藏，必須離開。他怎麼會總是知道我在哪裡，知道我要去哪裡？他會回來的。

我知道這點。

◎◎◎

我真希望這件事有更多超自然成分。舉例來說，是個鬼故事。某種超現實的東西。某種來自想像的東西，無論有多邪惡。那樣讓人驚恐的程度就低得多。如果它更難感知或接受，如果有更多懷疑空間，我就比較不會那麼害怕。這太真實了。非常真實。在一間大而空曠的學校裡，一個危險的男人，有著無可扭轉的不良意圖。這是我自己的錯。我原本就絕對不該到這裡來。

這不是一場噩夢。我真希望它是。我真希望我可以就這樣醒來。我願意付出任何代價，只求置身在我的房間裡、我的床上。我獨自一人，還有人想要傷害我或者獵捕我。而他已經對傑克做了某種事情，我知道的。

我不願再想這件事了。如果我可以找到通往體育館的路，那裡可能有個緊急逃生門，或者離開這裡的某種其他辦法。這是我已經決定好的。就算外面太冷了，我還是需要回到馬路上。也許我撐不久。不過我在這裡可能也撐不了多久。

我的眼睛已經適應了黑暗。過了一會以後，你就會習慣黑暗。卻不會習慣安靜。我嘴裡的金屬味道變得越來越重。這味道在我的唾液裡，或者在更深處。我不知道。我的汗水在這裡感覺不一樣。一切就是不對勁。

我一直在咬我的指甲。嚼著我的指甲。吃指甲。我覺得不舒服。

我也開始掉頭髮了。也許是壓力？我把一隻手放到我頭上，而在我把頭往後拉的時候，我的手指之間有幾綹頭髮。我現在用手順過我的頭髮，而有更多頭髮掉下來。不是一把一把的，但很接近了。這一定是某種反應。一種身體上的副作用。

保持安靜。保持鎮定。在這條走廊上，磚頭是上過漆的。天花板是用那種可動式的大塊方磚組成的。我可以躲在上面嗎？如果我能上得去。

繼續移動。緩慢地。汗水沿著我的脊椎滴下。體育館就在走廊後面。一定在那裡。我記得是。我記得嗎？我怎麼可能記得這個？我辨識出有金屬把手的雙開門。那是我的目標。到那裡去。迅速、安靜地到達那裡。

在我走路時，我讓我的左手，我的手指貼著磚牆。一步接著一步。小心，謹慎，輕柔。如果我能聽到這聲音，他也能聽到。如果我能，他也能。如果是我，然後是他。如果。然後。我。他。

我伸手到門邊。我透過高而細長的窗戶望進去。是體育館。我抓住把手。我知道這道門，開關的時候聽起來像是牛仔的馬刺。響亮、冰冷的金屬。

我推開剛好寬到可以溜進去的空間。

攀爬繩索懸掛著。裝著橘色籃球的金屬架在角落裡。一股強烈的氣味。化學氣味。我的眼睛冒出淚水。更多的淚水。

我可以聽到聲音。聲音是從男生的更衣室裡傳出來。我發現這裡比較難呼吸。

更衣室。這裡不像體育館裡那麼暗。有兩個裝在頭頂的燈。現在我認出來了——那聲音是水在流。有個水龍頭開到最大了。我還看不到，但我知道。

我應該洗洗手，把顏料洗掉。也許喝個水。那清涼、安撫人心的水流在我嘴裡，從我喉嚨淌下。我把手翻過來，看著我的掌心。有一條條紅色痕跡。顫抖著。我的右拇指指甲不見了。

我左前方有個開口。那是水聲冒出來的地方。我踩到某樣東西。我把它撿起來。一隻鞋。傑克的鞋子。我想要喊出聲，想要叫傑克。但我不能。我用一隻手蓋住我的嘴。我必須安靜。

我低頭，看到傑克的另一隻鞋。我撿起來。我繼續朝著開口走。我在牆角偷看。沒有人。我彎下腰，看著廁所隔間底下。沒有腿。我兩手各握著一隻鞋。我再靠近一步。

現在我可以看到一排水龍頭。沒有水流。我朝著淋浴間走去。

其中一個銀色蓮蓬頭開到最大。只有一個。有很多蒸氣。一定是熱水，非常熱。

「傑克，」我悄聲說道。

我需要思考，但這裡太暖、太濕。我周圍都是蒸氣。我需要想清楚我能怎麼脫離這裡。設法搞清楚他為何這麼做、或者他是誰，是沒有意義的。那不重要。這全都不重要。

如果我能夠用設法成功到達學校外面，我可以奔向馬路。如果我到了馬路，我就會跑。我不會停。我會盡可能迅速跑遠。我會離開這裡到別的地方，任何地方都好。不一樣的地方。有可能好好過生活的地方。不是樣樣東西都這麼老舊的地方。

或者，我也可能會在這裡獨自撐下去。也許比我想的還要久。也許我可以找到新的藏匿處，跟牆壁融為一體。也許我可以留在這裡，在這裡生活。在某個角落。在桌子下面。在更衣室裡。

有人在這裡。在淋浴間的另一頭。地板滑溜溜的。潮濕、滿是蒸氣的地磚。我有股衝動想要站在水流下，在充滿蒸氣的水裡。就站在那裡。但我沒有。

那是他的衣服。在最後一個隔間裡。我把衣服拿起來。褲子跟上衣，揉成一團，濕濕的。傑克的衣服。這些是傑克的衣服！我丟下衣服。為什麼他的衣服在這裡？而他在哪裡？

緊急逃生出口。我需要一個。現在就要。

離開更衣室，我再度聽到音樂。同一首歌。從頭開始。在更衣室裡，在教室裡，在走廊上。擴音器到處都是，但我看不到它們。音樂有停過嗎？我想有，但我再也不確定了。也許這整段時間裡，同一首歌一直在播放。

我知道人們會談論真相的反面與愛的反面。恐懼的反面是什麼？不安、恐慌與懊悔的反面是什麼？我從來不知道我們為何來到這個地方，我怎麼會像這樣被關起來，我怎麼會落得這麼孤單。不該發生這種事的。為什麼是我？

我在堅硬的地板上坐下。沒有路可以出去。沒有路可以離開這間體育館。沒有路可以離開這間學校。從來就沒有。我想要想些美好的事情，但我無法。我蓋住我的耳朵。我在哭泣。這裡沒有出路。

◎◎◎

我無窮無盡地在這個學校裡到處走動爬行。

有一種觀點認為，恐怖畏懼是轉瞬即逝的。來時的打擊很重很快，但無法持久。這不是真的。它們不會消逝，除非它們被某種別的感受取代。如果可以的話，深沉的恐懼就會留下並且散播。你無法跑得比它快、智取它或者壓制它。沒有治療，它只會化膿。恐懼是一種疹子。

我可以看到我自己坐在我房間裡，在我書架旁邊的一張藍色椅子上。檯燈開著。我設法想著這個，它散發出來的柔光。我想要讓這件事留在我腦海裡。我正在想我的舊鞋，我只在屋裡穿的藍色鞋子，就像拖鞋一樣。我需要專注於這間學校之外，超越黑暗、超越這讓人癱瘓的壓抑沉默、還有那首歌之外的某樣事物。我的房間。我在那個房間裡度過那麼多時光，而且它還存在。它還在那裡，就算我不在那裡。這是真的。我的房間是真的。

我就是必須想它。專注於它。然後它就是真的。

在我房間裡，我有書。書本安慰了我。我有一個棕色老茶壺。壺嘴被敲掉一塊。很久以前我在一場車庫拍賣會裡用一塊錢買下它。我可以看到茶壺放在我桌上，夾在原子筆、鉛筆、筆記本跟我滿滿的書架之間。

我最愛的藍色椅子上，有我的體重留下的痕跡。我的形狀。我坐在它上面幾百次、幾千次了。它被塑造成適合我的體型，只適合我。我現在可以去那裡，坐在我心靈的靜謐之中，我之前一直在那裡。我有根蠟燭。我有一根，就只有一根；我從來沒點燃過它。一次都沒有。它的顏色是一種深紅，幾乎是緋紅色，做成大象的形狀，白色的燭芯從動物背上升起。

那是我父母在我以全班第一名從高中畢業後給我的禮物。

我總是認為我有一天會點燃那根蠟燭。我從沒這麼做。時間過得越久，就變得越難點燃它。每次我想到某個場合可能特別到可以點那根蠟燭，感覺上就好像我要定下來了。所以我會等待一個更好的時機。它還在那裡，沒有點燃，站在一個書架頂端。永遠不會有個夠特別的場合。怎麼可能會有？

——他一直在學校工作，超過三十年了。以前都沒出過事。他檔案裡什麼都沒有。

——什麼都沒有？那也很不尋常。超過三十年都做同一份工作，在同一間學校。

——住在外面一間老舊的房子。我想那本來是他父母的農場。他們兩個都在很久以前就死了，我聽說的。跟我談過的每個人都說他相當溫和。他只是似乎不知道怎麼跟人說話。無法跟他們融洽相處。或者不曾試過。我不認為他對社交感興趣。他在外面的卡車裡度過很多休息時間。他就是坐在他停在學校後面的貨卡車裡。那就是他的休息時間。

——那他的聽力是怎麼回事？

——他裝了助聽器。之前他的聽力變得相當差。他對某些食物過敏，牛奶跟乳製品。他的體質很脆弱。他不喜歡下去學校地下室的鍋爐室。如果下面那裡有工作得完成，他總是要求別人去。

——真奇怪。

——還有那一堆筆記本、日記跟書。他總是埋頭讀書。我記得在某一間科學實驗室裡看到他，在學校放學後，而他站在那裡，什麼都沒在看。我注視了他一會，然後進入那間教室。他沒注意到我。他沒有像他應該做的那樣在打掃。他沒有理由在那裡，所以我非常溫和地問他在做什麼。他回答前停頓片刻，然後他轉過身，冷靜地把一隻手指放在他嘴巴前面，要我「噓」。我不敢相信這是真的。

——非常奇怪。

——然後，在我來得及說別的話以前，他說：「我甚至不想聽見時鐘的聲音。」然後他就這樣走過我身邊離開了。直到這一切發生以前，我本來都忘了。

——你會納悶，如果他這麼聰明，為什麼他拖地拖了這麼久？為什麼他沒去做別的事？

——大多數工作都必須跟同事互動。你不可能就只坐在自己的卡車裡。

——但還是很怪，學校管理員？這是我不懂的地方。如果他想獨處，為什麼他要在一個被人群環繞的地方工作？那樣不是有點像自我折磨嗎？

——是啊，現在想想，我猜這可能是。

我四肢著地，沿著我認為是音樂教室的地方爬行。血從我的鼻子滴到地板上。我不在房間裡，我在外面的一條狹窄走廊上。有窗戶可以看見房間裡面。我的頭如遭重擊，火燒似的痛。有許多紅色的椅子跟黑色的樂譜架。這裡毫無秩序。

我無法把傑克的父母逐出腦海。他媽媽擁抱我的方式。她不想讓我走。她到最後看起來這麼糟糕。她很擔憂、很害怕。不是為了她自己。是為了我們。也許她早就知道了。我想她一直都知道。

我想了一百萬個念頭。我感覺暈頭轉向，困惑不已。他問我對他們有什麼想法。現在我知道我有什麼想法了。不是說他們不快樂，而是他們被困住了。被困在一起，被困在那裡。這些人彼此之間有一股隱藏的怨恨。我在那裡時，是大家表現最好的時候。不過他們不可能完全隱藏真相。有些事讓他們心煩意亂。

我在想著童年。記憶。我無法制止自己。我好幾年、甚至從未想過的那些童年片刻。我無法專注。我無法把人記清楚。我在想著每個人。

「我們只是在聊天，」傑克說過。

「我們在溝通，」我回答：「我們在思考。」

當我在休息，用我的手抓我的後腦勺時，我感覺到有個大約二十五分錢大小的禿點。我扯掉了更多頭髮。頭髮不是活的。所有可見的細胞都已經死了。在我們觸碰、修剪跟做造型的時候，它是死的，沒有生命。我們看見它，觸碰它，清潔它，養護它，但它是死的。我的手上還有紅色顏料。

現在是我的心臟。我對它感到憤怒。那持續的跳動。我們被設定成對此毫無覺察，所以為什麼我現在要覺察到？為什麼心跳讓我憤怒？因為我沒有選擇。在你察覺到你自己的心臟時，你會想要它停止跳動。你需要從那持續的韻律裡中斷，休息一下。我們全都需要休息。

最重要的事情一直被忽視。直到像這樣的事情發生為止。然後就令人再也無法忽略了。那是怎麼說的？

我們對於這些限制與需求很生氣。人類的限制與脆弱。你不可能只是孤獨。一切都是同時既飄渺又笨重。有這麼多要仰賴，又有這麼多要恐懼。有這麼多要求。

一天是什麼？一夜又是什麼？做正確的事、做合乎人性的決定，這之中有神的恩典。我們總是有選擇。每天。我們全都有。因為只要我們活著，我們總是有選擇。我們在人生中遇到的每個人都有同樣的選擇要考慮，一再地考慮。我們可以嘗試忽略，不過對我們所有人來說，問題只有一個。

我們認為這條走廊的盡頭，會引導人回到有一大堆置物櫃的其中一條大走廊。我們已經去過了每個地方。沒有別處可去了。就是同樣這間老學校。一如往常、一模一樣的同一個地方。

我們不能再回到樓上了。我們不能。我們試過了。我們真的試過了。我們盡了全力。我們能受苦多久？

我們坐在這裡。這裡。我們在這裡，坐著。

當然我們不舒服。我們必須如此。我早就知道。我知道。我對自己說：

現在我要跟妳說件事，會惹妳不開心：我知道妳看起來什麼樣。我認得妳的腳、妳的雙手還有妳的皮膚。我認得妳的頭、妳的頭髮跟妳的心。

妳不應該咬指甲。

我知道我不該。我知道這點。我們很抱歉。

我們現在記得了。畫作。畫還在我們口袋裡。傑克的媽媽給我們的畫。傑克的肖像畫，本來是一個驚喜。我們會把它掛在牆上，跟其他的畫掛在一起。我們把它從我們口袋裡拿出來，慢慢地打開。我們不想看，卻必須看。這幅畫花了很多時間畫，好幾小時、好幾天、好幾年、好幾分鐘、好幾秒。那張臉在那裡注視著我們。

我們全部都在那裡。扭曲的。模糊的。破碎片段的。明確無誤的。我手上有顏料。

那張臉肯定是我的。那個男人。這幅畫很好認，自畫像都是這樣。那是我。傑克。

妳是乖小孩嗎？妳乖嗎？

做正確的事情，選擇之中有神的恩典。有嗎？

徹夜勁舞。門票十塊錢。你在等什麼？

你在等什麼？你在等什

麼？你在等什

麼？你在等什

麼？你在等什麼？

我們回到管理員室。這是免不了的。我們現在懂了。我們知道會發生這種事。沒有其他的選擇。在一切經過之後，只剩下這件事了。

我們經過木工跟汽車技工教室。我們經過一扇上面寫著**舞蹈室**的門。還有另一間上面寫著**學生會**。我們看到戲劇社。我們沒有嘗試去開任何一扇門。有何意義？我們已經走過這些樓層的這些門好多年了。在這麼長時間以後，就連灰塵都很熟悉。我們不在乎它們乾不乾淨。

管理員室是我們的。那是我們該待的地方。到最後，我們無法否認我們是什麼人，我們曾是什麼人，我們一直是什麼人。在沒有辦法達成的時候，我們想做什麼人並不重要。

我們經過了通往地下室的門。

我們就是這樣的人。指甲。一把又一把的頭髮。我們自己手上的血。

我們看到照片了。那男人。我們懂的。我們真的懂。我們真希望那不是真的。

在這裡工作的無論什麼人，管理員，他不在這裡。在我們看到照片裡的這張臉時就了解到這點了。他再也不在這裡了。他已經走了。

是我們。我們現在在這裡。與傑克同在。就只有我們。一直只有我們。

在車裡。我們從沒看到學校裡的男人。管理員。只有傑克看到他。他要我們跟著他進入學校，去找尋他。他想要在這裡跟我們在一起，而且無路可出。

傑克的鞋子。在更衣室裡。**他**把衣服脫掉了。他自己脫掉了衣服，扔在體育館裡。他穿上了橡膠靴子。一直都是他。是傑克。那男人。因為他是傑克。我們是。我們再也忍不住了。眼淚來了。眼淚再度流下。

他哥哥。關於他哥哥有問題的故事。我們認為那是掰出來的。那就是為什麼他父親這麼高興看到我們來訪，高興我們對傑克很好。他才是有問題的那個人。傑克。不是他哥哥。沒有哥哥。本來應該有的，但卻沒有。而傑克的父母呢？他們很久以前就死了，就像我們看見的頭髮，生長在我們頭上的頭髮、落下的頭髮。頭髮已經死了。很久以前就死了。

傑克有一次告訴我：「有時候，想法比行動更接近真相、更接近現實。妳可以說任何話、做任何事，但妳不能假造出想法。」

傑克現在沒救了。他嘗試過。救援從沒有來。

傑克知道我們要結束了。不知怎麼的，他知道了。我們從沒有告訴他。我們只是在考慮這件事。但他知道了。他不想孤獨一人。他不能面對這點。

音樂再度開始，從頭放起。這次更大聲。這不重要了。桌子旁邊的小衣櫃是空的。我們把空的鐵絲衣架通通推到一邊，然後踏了進去。呼吸很困難。在這裡會比較好。我們會留在這裡等待。音樂停止了。現在很安靜。完全靜默。我們就會留在這裡，等時候到了為止。

是傑克。曾經是傑克。我們一起待在這裡。我們所有人。

動作、行動，它們可能誤導或偽裝真相。行動，從定義上來說，是被做出來，被執行出來的。它們是抽象的。行動是建構物。

寓言，詳盡的隱喻。我們不只是透過經驗來理解或承認重要性與有效性。我們透過例證來接受、拒絕與分辨。

那一晚，很久以前，當我們在酒吧相遇的時候。那天晚上播放的是那首歌。他在聽他的團隊閒聊跟討論問題，卻完全沒說話。他仍然是其中一份子。他很投入。他在思考。而也許他很享受。他小口小口地啜飲著啤酒。他有點像在嗅聞他自己的手背，斷斷續續，心不在焉地嗅，這是他發展出來的其中一種習慣動作，在他專注於某件事、他放鬆的時候會出現。能在這種環境背景下放鬆實在很難得。不過他就是做到了，離開他的房間，到酒吧來，跟其他人在一起。這個舉動很困難也很有意義。

還有那女孩。

她。他。我們。我。

她坐在他旁邊。她很漂亮又健談。她笑口常開。她很自在地展現自我。他急切地想對她說哈囉。她對他微笑。當然，那是個微笑。從經驗上來說是。毫無疑問。那是真的。而他回以微笑。她有一雙和藹的眼睛。

他記得她。她坐在他旁邊，而且沒有挪開。她很聰明又風趣。她很自在。她說「你們表現得滿好的」，而且露出微笑。那是她對傑克說的第一件事。對我們。

「你們表現得滿好的。」

他舉起他的啤酒杯。「我們的戰力強化了，很有幫助。」

他們稍微多聊了一點。他在一張紙巾上寫下他的電話號碼。他想要給她。他不能。他辦不到。他沒有。

要是能再見到她就好了，甚至只是聊天都好，但他從沒這麼做。他以為他可能會碰巧遇見她。他希望那種機會存在。第二次可能會比較容易，可能會有進展。但他沒得到那個機會。這件事從沒有發生。他必須讓這件事發生。他必須想到她。想法是真實的。他寫了關於她的事。關於他們。我們。

如果她有了他的電話號碼，結果會有任何不同嗎？如果她本來能夠打電話給他？如果他們有在電話上聊過，再度見面，如果他有邀她出來呢？他會留在實驗室裡嗎？他們會一起上路旅行嗎？她會親吻他嗎？他們會進入一段親密關係裡，成雙成對而不再孑然一身嗎？如果事情進展順利，她會拜訪他小時候住的那棟房子嗎？他們本來可以在回家路上停下來吃冰淇淋，無論天氣如何。一起吃。但我們從來沒有。會有任何一件事造成不同的結果嗎？會。不會。也許。現在這不重要了。事情沒有發生。責任不在於她。在第一個晚上之後，她會很快就忘記就這麼一次在酒吧裡的短暫會面。

她甚至再也不知道我們的存在。這份負擔只屬於我們自己。

那是好久以前了。許多年前。這對她、對所有其他人而言，都無足輕重。只有我們例外。

從那以後發生了好多事。但我們、傑克的父母、冰雪皇后店裡的女孩們、還有維爾小姐——全都在這裡。在這間學校裡。沒有別的地方。全都是同一個整體的一部分。我們必須設法把她跟我們擺在一起。看看能發生什麼。這是該由她來說的故事。

我們再度聽到腳步聲，那雙靴子。緩慢的腳步聲，仍然在遠處，正朝著這裡來了，會變得更大聲。他好整以暇。他知道我們無處可去。他一直都知道。現在他來了。

腳步聲靠得更近了。

人們會談論忍受的能力。忍受任何事、每件事，繼續下去，保持堅強。但只有在你不是孤獨一人的時候，你才做得到。生命一直都是建立在這種基礎結構上。與其他人的親近感。獨自一人的話，這全都變成一種只是忍耐的掙扎。

在沒有別人的時候，我們能做什麼？在我們設法要完全靠自己維持下去的時候？在我們總是孤單一人的時候，在從來就沒有別人的時候，我們要怎麼辦？這時候人生的意義是什麼？有任何意義嗎？一天的意義是什麼？一個星期呢？一年呢？一生呢？一生意味著什麼？這全都意味著別的東西。我們必須嘗試另一種方式，另一種選擇。唯一的別種選擇。

這並不是說我們無法接受並承認愛，還有同理心，也不是說我們無法體驗它。但跟誰體驗？在根本沒有人在的時候？所以我們回到了那個決定，那個問題。是同一個問題。到頭來，這取決於我們全體。我們決定怎麼做？繼續或者不繼續。繼續？或者？

你是乖小孩還是壞小孩？這個問題錯了。一直都是錯的。沒有人能回答這個問題。神祕來電者從一開始連想都沒想就知道了。我也知道。我真的知道。問題只有一個，我們全都需要她幫忙回答。

我們決定不去想我們的心跳。

互動、連結，都是義務性的。這是我們全都需要的東西。孤寂無法自行永續——直到它真的就這樣持續下去為止。

我們永遠不可能單靠自己成為世界第一的接吻高手。

也許我們就是這樣判斷一段感情是否真實。先前與我們無關的他人，以一種我們從沒想過、或者從來難以置信的方式來認識我們。

我讓我的手蓋住嘴巴，悶住自己的聲音。我的手在顫抖。我不想感覺到任何事。我不想看到他。我不想再聽到任何聲音了。我不想看。這樣不好。

我已經做了決定。沒有別的辦法。太遲了。在發生過這些事情之後，在這麼長的時間裡，在這麼多年以後。也許，如果我當初有在酒吧裡給她寫了我電話號碼的餐巾紙。也許，如果我當時能夠打電話給她。也許事情不會像這樣。但我那時不能。我那時沒有。

他在門口。他就站在那裡。他做了這件事。他把我們帶到這裡。一直都是他。只有他。

我伸手去碰門，我等待著。另外一個腳步聲，更近了。不疾不徐。

有個選擇。我們全都有個選擇。

是什麼把這一切維繫在一起？是什麼賦予生命重要性？是什麼使生命具有形狀與深度？它終究會為我們所有人而來。所以為什麼我們等待它，而不是讓它發生？我在等什麼？

我真希望我做得更好。我真希望我能努力更多。我閉上我的眼睛。眼淚滑落。我聽到靴子聲，橡膠靴子。傑克的靴子。我的靴子。在外面，在這裡。

他站在門口。門吱嘎響著打開。我們在一起。他。我。我們。終於。

如果死亡比較美好呢？如果死亡不是出口呢？要是蛆蟲仍然繼續吃、吃、吃，而且你還繼續感覺得到呢？

我把雙手合握在背後，注視著他。他頭上跟臉上圍著某樣東西。他仍然戴著黃色的橡皮手套。我想要撇開視線，想閉上眼睛。

他朝著我走近一步。他靠近了。近到讓我可以伸出手摸到他。我可以聽見他在面具下的呼吸聲。我可以聞到他。我知道他想要什麼。他準備好了。準備要結束。他準備好了。

每件事都需要關鍵性的平衡。我們的溫控細菌培養器，我們在裡面培養超過二十公升的大量酵母菌與大腸桿菌，這些培養菌都經過基因工程改造，會過度表現我們選擇的蛋白質。

在我們選擇把終結拉近的時候，我們創造了一個新的開始。

是我們看不到的所有額外質量，讓銀河的成形、還有群星繞著銀河周轉的角速度，在數學上成為可能。

他把面具底部從他的下巴跟嘴那裡掀起。我可以看到他下巴上的鬍渣，他乾裂的嘴唇。我把一隻手放到他肩膀上。我必須專心地控制我的手別發抖。我們現在都一起陷在這裡了。我們全部。

金星上的一天，大概就等於一百一十五個地球日……它是天空中最亮的星體。

他把一個金屬衣架從衣櫃裡拿來放到我手上。「我想要結束這一切，」他說。

我把衣架拉直，彎成一半，好讓兩個尖端都指向同一個方向。

「我為一切感到遺憾，」我說。我很遺憾，我心想。

「妳能做到這件事。妳現在可以幫助我。」

他是對的。我必須這樣。我們必須幫忙。我們就是為此來到這裡。

我把右手舉起來，盡可能用力地壓下去。兩次，進去跟出來。再一下。進去。出來。我把尖端猛然戳進脖子，朝上戳，在下巴下方，用盡全力。

然後我倒向側邊。更多的血。某種東西——口水，血——從我嘴巴冒著泡泡跑出來。這麼多小小的穿刺孔。很痛，每個傷口都很痛，但我們什麼感覺都沒有。現在完成了，而我很遺憾。

我注視著我的雙手。一隻手在發抖。我設法用另一隻手來穩定這隻手。我做不到。我往後癱倒在衣櫃裡。一個獨立的單位，回歸到一。我。只有我。傑克。再度獨自一人。

我決定了。我必須如此。再也不用想了。我回答了問題。

——我還想問一件事：那份筆記。

——什麼？

——筆記。我聽說他的屍體附近有一份筆記。

——你聽說了？

——對。

——這與其說是筆記，不如說是……呃，內容很詳細。

——詳細？

——也許是某種日記，或者故事。

——故事？

——我的意思是，他寫到一些角色，或者他們也許是他認識的人。但話說回來，他也在故事裡，只是他不是講故事的人。唔，也許他是。在某方面是。我不知道。我不確定我看懂了。我無法分辨什麼是真的，什麼又不是。然而……

——那解釋了為什麼嗎？有解釋他為什麼……選擇結束嗎？

——我不確定。我們並不真正確定。也許。

——你是什麼意思？他要不是解釋了，就是沒解釋。

——那筆記就是……

——怎樣？

——沒那麼簡單。我不知道。看看這個。

——這一堆是什麼？這有好多頁。這是他寫的東西嗎？

——對。你應該讀一讀。但也許從結尾開始。然後再繞回去。不過，我想你最好坐下來。

致謝

Nita Pronovost。Alison Callahan。Samantha Haywood。

“Jean”，“Jimmy”，Stephanie Sinclair，Jennifer Bergstrom，Meagan Harris，Nina Cordes，Kevin Hanson，Adria Iwasutiak，Amy Prentice，Loretta Eldridge，Sarah St. Pierre，David Winter，Léa Antigny，Martha Sharpe，Chris Garnham，Kenny Anderton，Sjón，METZ。

Simon & Schuster Canada、Scout Press以及Text Publishing的所有人。

我的朋友們。我的家人。感謝你們。

讀後討論題目

1. 請討論本書書名的意涵。為何作者會以《我想結束這一切》作為這部小說的題名？

2. 「神祕來電者」是誰？請描述看看他打給女主角的電話內容。這些來電如何有助於推進故事情節？為什麼女主角不肯把神祕來電者的事告訴傑克？你同意她將這件事保密的決定嗎？理由是什麼？

3. 為什麼「女主角」在小說裡從頭到尾都沒有被提到名字？你對她一開始的印象如何？你讀完這本書之後，對她的感受有改變嗎？如果有的話，是哪些方面改變了？為什麼？

4. 女主角的敘事之間穿插著許多段陌生人的對話。這些對話在小說中的作用是什麼？對讀者理解故事有何幫助？你認為這些對話段落中，講話的是什麼人？

5. 你對本書的結局感到意外嗎？哪些部分讓你覺得格外震驚？

6. 女主角說過：「我常常在想，我們對他人的認識，並不是來自他們告訴我們的話，而是我們的觀察。」你同意這句話嗎？看到傑克和女主角和前者父母的互動，讓你對這對情侶有了什麼了解？在本書中，還有哪些例子證明了人物的行動足以顯露他們的內在性格？

7. 女主角問傑克說他是否覺得「在交往關係裡隱瞞祕密，本質上就是不公平、卑劣或不道德的？」而他回答，「我不知道。這要看是什麼祕密。」你怎麼認為呢？在什麼樣的情況下，對你的親密伴侶隱瞞祕密是可允許的？傑克和女主角對彼此隱瞞了哪些祕密？

8. 初次見面時，傑克對女主角自稱是「填字遊戲家」。這段敘述讓你對他的性格有何想法？傑克在書中是否在挑戰某些謎題遊戲呢？他有成功解題嗎？

9. 描述看看傑克父母的農莊。這個地方跟你想像中的一樣嗎？傑克帶女主角參觀時，她在戶外看見的是一幅令人膽寒的景象。那幅景象對女主角產生了什麼影響？請比較她看到那幅景象之後的反應，跟她聽到他描述爸爸撲殺農場豬隻時的反應。你認為傑克為什麼要跟她說豬的事？

10. 在敘述學校裡發生的事件時，有一位無名敘事者說，「這不是關於我們。」你同意這個說法嗎？為什麼？

11. 在學校裡受困的時候，女主角說，「在今晚之前，如果有人問我，我遇過最恐怖的事情是什麼，我都告訴他們同一個故事。我告訴他們維爾小姐的事。大多數人都不覺得這個故事恐怖。」為什麼女主角覺得維爾小姐事件如此恐怖？你也被嚇著了嗎？為什麼？

12. 女主角告訴傑克，「我很高興我們不是無所不知……問題是好的，比答案更好。」為什麼女主角這樣覺得？你贊成她的看法嗎？請說明原因。在女主角認識傑克的過程中，有什麼問題是她應該要問卻沒有提出的嗎？如果是你，會問些什麼問題？

13. 描述看看傑克父母家的地下室。為什麼傑克跟女主角說地下室什麼也沒有？她發現了什麼？女主角進到地下室時，她想起了她和傑克的一段對話，傑克當時說，「我們仰賴象徵來賦予意義。」你覺得她為什麼在地下室想起這段對話？這本書裡有哪些重複出現的象徵？

14. 女主角問傑克說，「我們怎麼知道，一段感情是什麼時候才變得真實？」請針對傑克的答案討論。你認為一段「真實」的關係有哪些要件？你認為傑克和女主角之間的關係是真實的嗎？為什麼？

臉譜小說選 FR6561

我想結束這一切

I'm Thinking of Ending Things

原著作者	伊恩・里德 Iain Reid
譯　　者	吳妍儀
書封設計	朱陳毅
責任編輯	廖培穎
行銷企畫	陳彩玉、薛　綸
業　　務	陳紫晴、林佩瑜、馮逸華
出　　版	臉譜出版
發 行 人	凃玉雲
總 經 理	陳逸瑛
編輯總監	劉麗真 城邦文化事業股份有限公司 台北市民生東路二段141號5樓 電話：886-2-25007696　傳真：886-2-25001952
發　　行	英屬蓋曼群島商家庭傳媒股份有限公司城邦分公司 台北市中山區民生東路141號11樓 客服專線：02-25007718；25007719 24小時傳真專線：02-25001990；25001991 服務時間：週一至週五上午09:30-12:00；下午13:30-17:00 劃撥帳號：19863813　戶名：書虫股份有限公司 讀者服務信箱：service@readingclub.com.tw 城邦網址：http://www.cite.com.tw
香港發行所	城邦（香港）出版集團有限公司 香港灣仔駱克道193號東超商業中心1/F 電話：852-2508 6231　傳真：852-2578 9337
新馬發行所	城邦（馬新）出版集團 Cite (M) Sdn Bhd. 41-3, Jalan Radin Anum, Bandar Baru Sri Petaling, 57000 Kuala Lumpur, Malaysia. 電話：603-9056 3833　傳真：603-9057 6622 讀者服務信箱：services@cite.my
一版一刷	2020年2月 版權所有，翻印必究（Printed in Taiwan）
I S B N	978-986-235-805-4 售價300元 （本書如有缺頁、破損、倒裝，請寄回本社更換）

城邦讀書花園
www.cite.com.tw

國家圖書館出版品預行編目資料

我想結束這一切／伊恩・里德（Iain Reid）著；吳妍儀譯. -- 一版. -- 臺北市：臉譜出版：家庭傳媒城邦分公司發行, 2020.01
　面；　公分. --（臉譜小說選；FR6561）
譯自：I'm Thinking of Ending Things
ISBN 978-986-235-805-4（平裝）
885.357　　108021632